AMERIKAS TRUCKS UND IHRE FAHRER

ALBERTO MARTINEZ/JEAN-LOUP NORY

DER KULT DER ACHTZEHNRÄDRIGEN LKW 2

DIE MODERNEN COWBOYS 10

KENWORTH 14

PETERBILT 20

MACK 26

FREIGHTLINER 32

WHITE 38

INTERNATIONAL 44

FORD 48

GMC 52

...DIE ANDEREN 56

SUPER-BOSS 60

MOTORBUCH VERLAG STUTTGART

DER KULT DER ACHTZEHNR

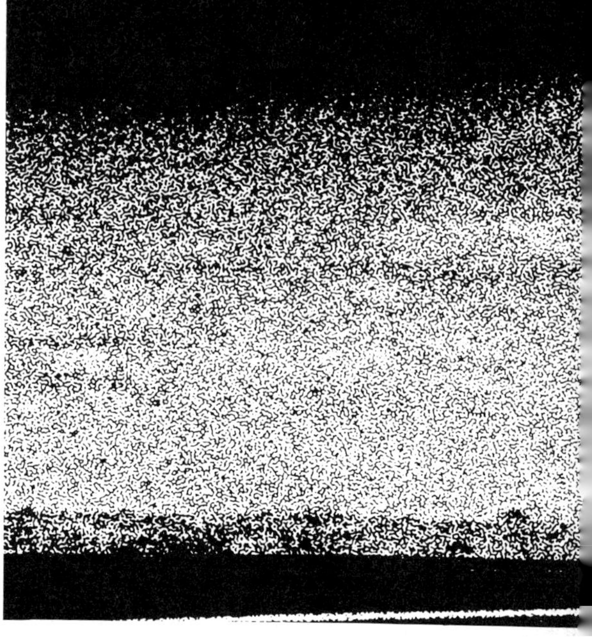

Von Alaska bis Wyoming, von Baltimore bis Sacramento überziehen die Interstates den amerikanischen Kontinent mit einem Netz von Verbindungslinien : Klare, gerade Strassen, welche die Städte miteinander verbinden. Auf ihnen rollen kolossale viereckige Massen, die von einer schwarzen Rauchwolke umgeben aus der Ferne auftauchen. Während sie im brausenden Donner ihrer glutheissen Motoren näherkommen, nehmen die grellen Malereien ihrer Kabinen und ihr strahlender Stahlpanzer einen symbolischen, fast sakralen Charakter an. Es sind keine einfachen Lastwagen mehr, sondern metallische Kultobjekte. Wirklichkeit gewordene Wunschträume der modernen Menschen des industriellen Amerika.

Der amerikanische Trucker ist kein anonymer Arbeitnehmer, der monatlich sein Gehalt empfängt und sich beeilt, nach getaner Arbeit wieder nach Hause zu kommen. Der Trucker ist der moderne Cowboy des industriellen Amerika. Wie dieser früher, so ist er heute auf seine Art einsam und frei. Nach seinem Vorbild kleidet er sich auch, und mit der gleichen Sorgfalt, mit welcher der Cowboy sein Pferd versorgte, hegt und pflegt er seinen Maschinengiganten. Er ist mit seinem Truck im wahrsten Sinne des Wortes verwachsen, er reitet ihn (I'm ridin'). Vor allem aber liebt er ihn. Nicht umsonst leistet er sich verchromte Felgen und Stoßstangen und legt eigenhändig den Boden und die Wände seiner Fahrerkabine mit Teppichboden aus. Das alles ist für ihn reine Ehrensache. Darin liegt auch der Unterschied zwischen einem europäischen Achtunddreissigtonner und einem amerikanischen Kenworth oder einem, wie ein Kultobjekt geschmückten Ford. Es besteht eine persönliche Beziehung zwischen dem Menschen und der Maschine. Der Kühler stellt die Erfüllung seiner Wünsche dar; wie automatisch finden seine Füsse das Trittbrett, seine Hände den Türgriff.

Der Kult des glänzenden Trucks kommt aus dem Westen der Vereinigten Staaten; aus den von der Sonne überfluteten, blauen, vom Wind durchwehten

DRIGEN LKW

einsamen Weiten; da, wo der Trucker, alleine mit sich und seiner Maschine, im Staub der endlosen Interstates der Sonne am fernen Horizont entgegenfährt. Dank der trockenen Strassen bleibt sein achtzehnrädriger Truck lange sauber und glänzend und nur die kiloweise (Verzeihung, wollte sagen poundsweise) auf dem schmiedeeisernen Kühlergitter zerquetschten Insekten geben eine Vorstellung von den durchquerten Weiten und den mit voll eingesetztem Turbo-Kompressor zurückgelegten „miles". Nicht umsonst trifft man die schönsten Trucks im Westen, vor allem längs der pazifischen Küste, wo man die grellsten Malereien und bis zum oberen Rand des „Thermo King" reichende, chromglänzende Anhänger bewundern kann.
Nicht umsonst haben sich die berühmtesten amerikanischen Truck-Hersteller in dieser heissen und karosseriefreundlichen Gegend niedergelassen : Kenworth in Seattle (Staat Washington), Peterbilt in Oakland, in der Nähe von San Franzisco (Kalifornien) und Frightliner in Portland (Oregon), während die grössten Konstrukteure, die riesige Mengen dieser Giganten mit achtzehn Rädern herstellen, im Osten Amerikas zu finden sind (Ford, International...).
Es gibt zwei Typen, die „Cabovers" (COE, d.h. Cab Over Engine) und die „Conventionals". Um das Konstruktionsprinzip dieser beiden Basismodelle zu erklären, bedarf es keiner millimetergenauen Angaben : Der „Conventional" besitzt die klassische, lange Motorhaube, gross wie eine 2-Zimmer-Küche-Bad-Wohnung, an die sich die Fahrerkabine ohne jegliche, durch den Motor bedingten räumlichen Einschränkungen anschliesst. Beim „Cabover" dagegen sitzt die Kabine über dem Motor, was zwar eine bedeutende Verkürzung der Gesamtlänge mit sich bringt, wobei aber der Innenraum durch das Motorvolumen weitgehend verkleinert wird. Allgemein kauft ein Unternehmer oder ein Trucker einen Cabover aus Vernunftgründen, nämlich um die Gesamtlänge des Trucks zu verkürzen.
Die Vernunft ist jedoch nur ein Argument, Klasse und Prestige sind bei der Wahl ebenfalls ausschlaggebend. Viele unabhängige Trucker „denken" nämlich mit ihren Augen und nicht mit ihren kleinen grauen Gehirnzellen. Der „Conventional" in seiner ganzen, vom Kühlergrill bis zu den Rückleuchten elementaren Pracht ist Teil eines Mythos : In ihm vereint sich der Stil von damals mit der Leistung von heute; er ist ein modernes Symbol funktioneller Ästhetik und geballter Kraft im Ansturm gegen die Ebenen von Wyoming und die Weiten im Norden. Den eckigen, aggressiven Linien fehlt jede Windschlüpfigkeit; alles ist hier unbehauene, urtümliche Form ohne die geringste

Tag und Nacht durchqueren die Trucker den amerikanischen Kontinent nach allen Himmelsrichtungen. *Nächste Seite :* Die Trucks in Reih und Glied — eine undurchdringliche Front, wie Gladiatoren vor ihrem Aufmarsch in die Arena.

Mitchell
LAKE WORTH, FLA.
36

MO KING
ST
Peterbilt
SAM
TANKSLEY
TRUCKING
INC.
320
BL 73280
66 529

DER KULT DER ACHTZEHNRÄDRIGEN LKW

Der Trucker, ein moderner Cowboy, posiert vor seinem Maschinengiganten mit einem 450 PS starken Diesel-Motor. *Nächste Seite :* Auf der Interstate in Arizona : Ein Western Star der Firma White in der Conventional-Version, d.h. mit langer Motorhaube (long nose).

versöhnliche Rundung. Der Trucker selbst verschwindet fast hinter den getönten Scheiben seines Fahrerhauses. Er lenkt den Truck unsichtbar und es scheint, als sei sein Detroit Diesel oder sein Caterpillar von mindestens 350 PS ein autonomes Wesen. Allerdings werden auch die Trucks vom Typ Conventional ständig kürzer, und eines schönen Tages werden wohl Rentabilitätsargumente im Kampf gegen die, den modernen wirtschaftlichen und technischen Imperativen trotzenden Conventionals endgültig die Oberhand gewinnen. Dieser Augenblick ist jedoch noch nicht gekommen : 20 % aller Nachfragen gelten immer noch den Conventionals.

In Europa arbeitet ein Fernfahrer für einen Arbeitgeber; der Lastwagen gehört ihm nicht, es besteht also kein Grund, ihn zu hegen und zu pflegen, ihn zu hätscheln und zu verwöhnen und ihn auf Hochglanz zu polieren. In den USA erwirbt der Trucker seinen Achtzehnräder anstelle eines Einfamilienhauses im Vorort, mit Veranda und 600 m² Gelände dazu. Der Trucker investiert sein Geld aus vollster Überzeugung im Metall, er verwirklicht seine Träume, indem er Stahl und Chrom und Diesel-Pferdestärken erwirbt und dafür den ganzen Ärger mit den Banken auf sich nimmt. Im Achtzehnräder stecken Schweiss und Träume eines ganzen Lebens; er ist Besitz, den man mit Stolz vorzeigt und der bei 2 200 U/min. und 130 km/h zwischen Denver und Albuquerque zeigt, was in ihm steckt. Man versteht dann auch, dass dieser Besitz unheimlich wichtig ist, und dass man sich beim Kauf keinen Irrtum leisten kann. Soll man einen funktionellen und praktischen Cabover erstehen, oder sich von dem grossartigen Äusseren eines Conventional verführen lassen? Welche Marke soll gewählt werden? Soll er einen Cummins oder einen Caterpillar-Motor bekommen? Soll man sich für eine serienmässige Dekoration, oder für individuelle, kunstvolle Ölgemälde entscheiden?

Die Trucks werden — je nach ihrem Gewicht — in acht Klassen eingeteilt. Zur Klasse 1 gehören die kleinen Fahrzeuge mit einem Gesamtgewicht bis zu 2,7 t; zur Klasse 2 zählen die 2,7 bis 4,5-Tonner. In diese beiden Klassen gehört alles, was sich Pick-ups oder Leichttransporter nennt, zu denen auch die Lieferwagen gehören. In den Klassen 3, 4 und 5 sind LKW der mittleren Kategorie eingestuft, d.h. von 4,5 bis 11,7 t (Klasse 3 von 4,5 bis 6,3 t, Klasse 4 von 6,3 bis 7,2 t, Klasse 5 von 7,2 bis 8,8 t, Klasse 6 von 8,8 bis 11,7 t). Im allgemeinen fahren diese kleinen und mittleren Lastwagen meistens mit Benzin und der Motor ist ein perfekt konzipiertes V 8-Triebwerk, dessen Hubraum zwischen 5 und 8 Litern liegt. Selbst in der darauffolgenden Klasse mit einem Gesamtgewicht von 11,7 bis 14,85 t findet man noch sehr viele V 8-Benzin-Motoren, deren Appetit natürlich auch in proportionalem Verhältnis zum Volumen des Fahrzeugs steht.

Schliesslich gehören zur Klasse 8, Trucks mit einem Gesamtgewicht von mehr als 14,85 t, wobei nach oben keine Grenzen gesetzt sind. In Europa hört man oft, dass die amerikanischen Lastwagen, denen man auf den Strassen begegnet, ganz unglaublich schwer seien. Das stimmt nicht. Im allgemeinen übersteigt ihr Gesamtgewicht nicht 80 000 Pfund, was unseren 38-Tonnern entspricht. Schwerere Lastzüge bleiben Ausnahmen.

Im Jahre 1978 hatte die Gesamtproduktion der amerikanischen Trucks in sämtlichen 8 Klassen, seit dem Jahr 1973, die Rekordzahl von 3 963 340 Fahrzeugen erreicht.

Der erste der grossen Konstrukteure ist International. Er hatte im Jahre 1978 34 051 Trucks hergestellt, gegenüber 28 310 im Vorjahr. Mit seinem Anteil an den Klassen 2, 6 und 7 beläuft sich seine Gesamtproduktion auf 116 574 Fahrzeuge. Der zweitgrösste Hersteller von Schwerlastwagen ist Mack mit 27 390 Einheiten im Jahre 1978, gegenüber 22 894 im Vorjahr. Mack baut praktisch keine LKW der anderen Klassen. Der dritte Konstrukteur ist Ford. Seine Gesamtproduktion, immer 1978, belief sich auf 22 293 Exemplare, während er im Vorjahr nur 17 793 gebaut hatte. Im Gegensatz zu International und Mack baut Ford Trucks aller Gewichtsklassen, ausser der Klasse 4. Das bedeutet ein wahrhaft kolossales Produktionsprogramm von 1 314 251 LKW. Mit dieser Zahl steht Ford an der Spitze der LKW-Hersteller aller Gewichtsklassen, noch vor Chevrolet (1 275 787 Trucks im Jahre 1978). Aber kehren wir zur Klasse 8 zurück : Der viertgrösste Konstrukteur ist GMC mit 14 460 LKW gegenüber 12 678 im Jahre 1977. Genau wie Ford baut GMC Trucks aller Klassen (ausser der Klasse 4), allerdings ist seine Gesamtproduktion bescheidener. Sie belief sich 1978 auf 329 185 Fahrzeuge. Wie man sieht, sind die vier grössten Hersteller aus dem Osten. Aber auch der Westen kann mit einigen grossen Namen aufwarten : Kenworth kommt mit einer Produktion von 14 345 LKW sehr nahe an GMC heran, es besteht also nur eine minimale Differenz von 115 Zugmaschinen. Im Jahr 1977 hatte Kenworth nur 12 330 Fahrzeuge gebaut. Der sechste auf der Liste ist Frightliner, ebenfalls im Westen ansässig. Mit 11 725 Trucks ist der Unterschied zwischen ihm und seinen beiden grösseren Konkurrenten GMC und Kenworth nur unbedeutend, allerdings hatte seine Produktion im Vorjahr nur 9 928 Exemplare erreicht. Der siebte ist wieder ein Konstrukteur aus dem Osten : White, der eng mit Autocar und Western Star zusammenarbeitet und auf den wir im Kapitel 10 noch näher eingehen werden. Im Jahr 1978 stand White also an siebter Stelle mit 10 189 LKW. Verglichen mit Frightliner oder GMC zeigt White die stärkste Wachstumsrate während der beiden Produktionsjahre 1977 und 1978, während derer das Unternehmen mit 2 207 weiteren Trucks der Klasse 8 einen grossen Sprung nach vorne gemacht hatte. Schliesslich finden wir Peterbilt an achter Stelle, eine der geschätztesten und bekanntesten Marken des Westens. Leider konnte diese Firma mit einer Produktion von 9 453 Exemplaren im Jahre 1977 und 9 454 im darauffolgenden Jahr keinen wirklichen Anstieg verzeichnen. Besonders in den letzten Monaten des Jahres 1978 war die Produktion merklich zurückgegangen.

Selbst mit seinen achtzehn Rädern hat der amerikanische Truck nicht viel mit einem Nutzfahrzeug gemein. Es ist ein zwanzig Meter langes, vom Trucker zutiefst verehrtes, stählernes Ungetüm, das mit 130 km/h unter dem Schutz des CB-Funks (Citizen Band, Nahverkehrs-Sprechfunk) dahindonnert. Der Begriff „Truck“ bedeutet unter anderem auch, seine Bierdosen mit einer gegen Morgengrauen aufgegabelten Blondine zu teilen. Truck bedeutet senkrecht aufsteigende, gigantische Kühlergitter, Trittbretter in Schulterhöhe und riesige, blinkende Auspuffrohre, welche die Umwelt wie Zerrspiegel zurückwerfen. Für das alles, und für die 350 Pferdestärken, die sich ihm willig unterwerfen, ist der Trucker seinem Schöpfer zutiefst dankbar. Neben den amerikanischen Trucks hat ein europäischer LKW Mühe, sich zu behaupten, und dabei fehlt ihm im Grunde nur wenig, um den Vergleich mit Erfolg bestehen zu können.

Kimbell
CJ-5364

DIE MODERNEN COWBOYS

Die Legende fing mit den Goldsuchern an, harten Männern auf der Eroberung weiter Landstriche, wo sie Glück und Reichtum erwartete. Mit der Zeit hatte man die hölzernen Planwagen durch 40 t schwere stählerne Fahrzeuge ersetzt, und die Pferde durch gusseiserne Motorblöcke. Die Männer jedoch haben immer noch die gleiche Silhouette mit ihrem Stetson und den Cowboystiefeln mit den schrägen Absätzen. Im Grunde ihres Herzens haben sie nie aufgehört, von Reichtum und unbegrenzten Weiten zu träumen, während ihre Aufmerksamkeit den Bordinstrumenten und der Linie am fernen Horizont gilt, hinter der sich vielleicht das Paradies verbirgt. Deshalb setzen sie jeden Tag im Morgengrauen ihren Kompressor-Motor in Gang und fahren neuen Zielen entgegen.

Jerry Lane wird so an die 1,90 m gross sein. Mit seinem in Kansas-City gekauften, mit Schweissrändern verzierten, nach hinten geschobenen Stetson und seinen funkelnagelneuen schwarzen Stiefeln sieht er aus wie ein Basketball-Spieler, der seinen Beruf verfehlt hat. Er scheint riesig, wenigstens neben seiner Frau Brenda, einer kleinen Brünetten, die vielleicht aus Mexiko kommt, oder von sonst irgendwo her, was im Grunde ja auch egal ist. Ein komisches Paar, das sich nie trennt, never, das alle Freuden und Leiden des Lebens getreulich teilt, unauflöslich miteinander verbunden durch einen prachtvollen Mack Super Liner, der sie 78 000 Dollar gekostet hat. Sie hat rabenschwarze, lange Haare, die ihr offen auf die Schultern fallen, er sieht mit seinem roten Bart wie ein leicht ausgebleichter Rasputin aus und ist von einer herzlichen Liebenswürdigkeit, die genauso überrascht, wie seine ganze Erscheinung.

Sie sind gerade aus Houston/Texas angekommen, so frisch, als hätten sie nur eben die Strasse überquert. Morgen führt sie ihr Nomadenleben weiter nach Miami/Florida.

Das Leben eines amerikanischen Truckers hat — wie bereits festgestellt — nichts mit dem eines europäischen Fernfahrers gemein, und zwar deshalb nicht, weil der Trucker nie mit seinen Landsleuten zusammenkommt. Er lebt in einer parallelen Welt, in der alles speziell für ihn eingerichtet ist. Ausser den Strassen, die er mit den anderen Autofahrern teilt, besteht sein Leben nur aus einer Reihe von Rastpausen in den verschiedenen Truck-Stops, zwischen denen er ungeheuere Strecken am Steuer seines Caterpillar oder Cummins zurücklegt. Nie wird man einen Trucker am Strassenrand halten sehen, es sei denn, er hätte eine Panne; nie wird er zum Essen in ein Mac-Donald's oder ein Denny's gehen und nie würde er, wie ein gewöhnlicher Autofahrer, in einem Hotel übernachten.

Der Truckstop ist mit der Zeit zu einer Art Reservat geworden, in dem theoretisch nur diejenigen etwas zu suchen haben, die einen dieser Maschinengiganten fahren. Diese Truck-Tankstellen sind mehr als nur Service-Stationen.

Hier gibt es spezifische Einrichtungen, Wasch- und Schmieranlangen, Reparatureinrichtungen, die nicht für gewöhnliche Fahrzeuge bestimmt sind. Damit wird der Truck-Stop, zu einem exklusiven Ort, an dem der Trucker sich in seiner Rolle als Einzelgänger gefällt und wohlfühlt; eine Rolle, die er ganz bewusst der Aussenwelt gegenüber spielt, und die er durch

seine besondere Sprache (über den CB-Sprechfunk) und durch seine unabhängige, den Cowboys des Wilden Westens nachgeahmte Lebensweise noch betont. Ja, ein Truck-Stop ist typisch amerikanisch und einzigartig. Eine Stadt in der Stadt, die Zuflucht der Achtzehnräder. Riesig, oder von bescheideneren Ausmassen (Ontario steht mit einem Parkplatz, auf dem tausende von LKW's Platz finden, an der Spitze der Truck-Stops des Westens), mehr oder weniger dreckig, mehr oder weniger berühmt für das Essen, das man dort vorgesetzt bekommt, oder für die Schnelligkeit der Wagenwäsche. Dort werden Trucks und Trucker wieder fit gemacht. Der Truck-Stop ist gleichzeitig der Saloon und der Hufschmied von früher, Rast- und Zufluchtsort am Abend, nach getaner Arbeit. Gleich nach seiner Ankunft fährt der Trucker zuallererst zur Zapfsäule. Man tankt voll, Wasser- und Ölstand werden nachgesehen und systematisch wird die Windschutzscheibe gewaschen. Der Reifendruck wird mit einem kurzen Stiefeltritt oder mit einer Art Knüppel kontrolliert (wozu allerdings eine langjährige Erfahrung und ein gutes Ohr gehören).

Trucker zu werden, bedeutet für die Amerikaner der unteren und mittleren Gesellschaftsklassen ein sozialer Aufstieg. Für zahlreiche Arbeiter oder Kleinbauern, deren mittelmässiges, ereignisloses Leben in festgefahrenen Bahnen verläuft, bedeutet ein Achtunddreissigtonner das Paradies. Der Beruf des Truckers hat tatsächlich verschiedene Vorteile : Vor allem gibt es da die Legende der freien, harten Männer, der Helden der modernen Zeit. Es stimmt, dass der amerikanische Fernfahrer am Steuer (mit Servolenkung) seines Lastzuges sein eigener Herr ist. Ausserdem lockt das Abenteuer, der Duft der grossen, weiten Welt, von dem alle Arbeiter träumen, die unentwegt an eine Maschine gefesselt sind. Den Städten und der alltäglichen Routine zu entfliehen ist ein Traum, den auch so manche jungen Leute träumen. Ein Wunschtraum, dessen Verwirklichung sie mit allen Mitteln anstreben. Ein Lastwagen liegt tatsächlich in ihrer Reichweite, und damit auch die erträumte Freiheit. Zumal der Lohn eines Truckers keineswegs zu verachten ist. Gewiss, er arbeitet hart, oft mehr als zehn Stunden am Tag. In der Woche bringt er es auf 70 Stunden, weit entfernt also von der 40-Stunden-Woche eines Fabrikarbeiters. Aber schliesslich steckt ein Trukker zwischen 15 000 und 30 000 Dollar im Jahr ein.

Der Beruf des Truckers bedeutet vor allem grosse Einsamkeit. Davor laufen viele mit der ganzen Kraft der Dieselmotoren ihrer Trucks davon. Wenn sie sich auch manchmal am Tisch eines Truck-Stops wieder begegnen, verbringen sie doch 4/5 der Zeit allein mit sich selbst. Familienleben gibt es nicht. Wie Charles Brand, ein Trucker aus Florida, es kurz und bündig ausdrückt : „Entweder bist Du mit einer Frau verheiratet oder mit Deinem Truck, selten mit beiden; ich bin zum Glück mit meinem Truck verheiratet." Die anderen leben getrennt, manchmal für lange Zeit. Die Kinder sind in der Schule, die Frau vor dem Fernseher...

Der Cowboy-Trucker in seinem Reich aus Kunststoff und Spitzentechnik erfrischt sich gerade mit einem kühlen Bier, das er seinem Kühlschrank entnommen hat. Durch den Nahverkehrs-Sprechfunk (citizen-band) steht er mit den anderen Truckern in Verbindung.

DIE MODERNEN COWBOYS

Nach beendetem Frühstück fährt dieser Schwarze nach Oregon. Für das Paar daneben ist der Tag zu Ende; im Morgengrauen will es weiter nach Kanada. Der bärtige Trucker rechts ist startbereit. Sein Ziel ist Detroit, im Osten der Staaten.

KENWORTH

Von der nördlichen bis zur südlichen Grenze der Pazifikküste und noch 3 000 Meilen weit im Landesinneren hat das Wort „Kenworth" einen faszinierenderen Klang als alle anderen grossen Namen des amerikanischen Westens. Es ist ein magisches Wort. Mit seinem riesigen Kühler, abweisend wie die Tore einer Festung, und seinen doppelten Scheinwerfern über einer abwehrbereiten Stoßstange von gewaltigen Ausmassen, ist der „Ken" der König der Trucks. Ausserdem ist er auch teuerste und der berühmteste, der Arbeit und Entspannung zugleich bedeutet. Das Liegeabteil ist ein abgeschlossener gemütlicher Raum, dessen warme Farbtöne und seidenweiche Bezüge, selbst wenn sie aus Kunststoff sind, dem Trucker die ideale Entspannung bieten.

Interstate 17, Arizona, zwischen Phoenix und Flagstaff. Die Sonne steht senkrecht am Himmel und bringt die Asphaltdecke über dem felsigen Wüstenboden zum Kochen. Wir sind im Indianergebiet; nichts wächst, nichts rührt sich. Die Strasse verläuft endlos geradeaus. Der Cadillac fährt ruhig und gleichmässig, der Tacho steht auf 65 Meilen/Stunde. Im Inneren herrschen, dank der Klimaanlage, frische 22 Grad Celsius. Im Rückspiegel taucht plötzlich die Front eines Kenworth auf. Er wird zusehends grösser und nähert sich mit einem sagenhaften Tempo. Schneller als ein Cowboy seinen „gum" verschluckt, wenn man ihm überraschend auf den Rücken klopft, holt er auf der linken Fahrbahn auf und überholt den „Cad" mit einer gewaltigen Luftverdrängung. Ich gebe Gas, um zu sehen, wieviel Sachen er drauf hat : 70 Meilen, 80... Ich brauche mindestens zwei Kilometer, um anzuhängen. Als ich denn endlich das gleiche Tempo draufhabe, pendelt sich die Tachonadel auf 75 Meilen ein (120 km/h).

Vor mir erhebt sich das gewaltige Heck des mit Steinen beladenen Anhängers. Vom abschüssigen Gelände begünstigt, nimmt der Vierzigtonner einen Anlauf, das Tempo wird noch rasanter. Mehrmals streift die Tachonadel die 85-Meilen-Grenze (136 km/h). Ich kann meinen Augen nicht trauen, in meinen Kopf überschlagen sich die Fragen. Lange Zeit folge ich ihm, um seine Geschwindigkeit zu kontrollieren und mir zu beweisen, dass ich nicht träume. Tatsächlich beträgt die Durchschnittsgeschwindigkeit des Kenworth 120-130 km/h, und das bis zum Truck-Stop Flagstaff. Dort wird Halt gemacht.

Die „Kenworth Truck Company" ist ein altes Unternehmen, das in Seattle, im Staate Washington ansässig ist. Ganz im Anfang, von 1916 bis 1923, hiess es noch nicht Kenworth, sondern Gersix. Damals, als das Automobil noch in den Anfängen steckte, stellte Kenworth kleine viereckige Fahrzeuge her, die ihren grossen Schwestern ähnlich sahen. Diese ersten Fahrzeuge waren Halbtonner, später Zwei- und Dreitonner, die von Vierzylinder-Motoren angetrieben wurden. Mit dem „Gersix" war im Jahr 1916 der erste Conventional des Westens entstanden. Mit einem Sechszylinder-Motor kostete er bereits damals 4 000 Dollar, d.h. das Doppelte eines Mack. Hier ist der Anfang der später traditionellen Wechselbeziehung von Qualität und Preis zu suchen.

Mit dem Verschwinden des Namens „Gersix" im Jahr 1922, taucht die Bezeichnung „Kenworth" auf. In den folgenden zehn Jahren nimmt das Volu-

men der Kenworth-Trucks und die Leistung ihrer Motoren ständig zu. Es entstehen Fünftonner, dann Zehntonner, die durch Vierzylinder-, dann Sechszylinder-Motoren angetrieben werden. Ken wird zum Symbol von Qualität, Detailpflege und Widerstandsfähigkeit und seine Trucks werden bereits „Könige des Westens" genannt. Bis 1932 laufen die amerikanischen Motoren mit Benzin, und erst zu diesem Zeitpunkt erscheint der erste Dieselmotor von Cummins auf dem Markt. Im Jahre 1935 geht Kenworth mit seinen Modellen der Serie D 146 zu diesem Motortyp über, wobei jedoch der Hauptanteil seiner Produktion weiter mit Herkules- oder Buda-Benzinmotoren ausgerüstet ist, deren Spitzenmodelle Motoren mit 112 PS, oder mit 125 PS sind.

Im Jahre 1960 fängt die Suche nach grösstmöglicher Ästhetik in der Gestaltung der Kenworth-Modelle erst richtig an. Ein neuer Begriff von funktionellem Luxus entsteht mit den glänzenden Felgen, den Zweiton-Farbnuancen und den, wie ein Miniatur-„Beaubourg" gestalteten Auspuffrohren. All dies erreicht im Jahr 1979 seinen Höhepunkt mit den beiden Basismodellen, dem Supergiganten Cabover K 100 und dem Conventional W 900.
Man kann sich fragen, was genau eigentlich das Prestige der „Ken" ausmacht, mit welchem Recht sie die stolze Bezeichnung „Rolls der 18-Räders" tragen. Der Grund dafür ist in der Detailpflege zu suchen, und daraus erklären sich auch die höheren Produktionspreise. Ein Conventional W 900, bei dem sich der Eigentümer

Chromglänzend und gigantisch : Der Conventional von Kenworth in seiner ganzen Pracht! Ein wahres Monument, das über einen 600 PS starken Motor verfügt und brutale Kraft mit Schönheit verbindet.

KENWORTH

Die drei Modellvarianten des „Ken" : Rechts der Conventional, unten der Cabover (cab-over-engine) mit der über dem Motor liegenden Fahrerkabine. Daneben ein Blick auf das Liegeabteil (sleeper). *Rechte Seite :* Der Aerodyne, ein Cabover mit einem erhöhten Dach.

75
R.C. Moore
INC
LEESBURG, FLA.
207-832-5889
FLA R-10871
IC23890X PSCW
MO PSCT 34756
HF 33366
KYU 63710
SD 11738 B
ARK M-8527
MC 143563

für die wesentlichen Optionen entschieden hat, erreicht mühelos den stolzen Preis von 75 000 Dollar.
Betrachten wir zuerst das Fahrgestell : Die Rahmenlängsträger sind aus Aluminium oder Stahl. Man hat die Wahl zwischen einem Stahlchassis mit doppelten Längsträgern für aussergewöhnliche Ladungen und drei Aluminiumchassis. Die Einzelteile sind keine Serienfabrikate, sondern sie werden speziell für jeden Auftrag zugeschnitten und angepasst. Um Gewicht einzusparen, stösst man überall am Fahrgestell auf praktische Lösungen. Zum Beispiel sind die vorderen Federträger, die Angelzapfen der Kabine, die vorderen Halterungen des Motorgehäuses, die Befestigungsklammern des Kühlers und des Lenkgehäuses aus Leichtmetall. Was die Kühlluftführungen und die elektrischen Leitungen betrifft, so werden sie durch Nylonbänder in Strängen zusammengehalten und an den Längsträgern mittels isolierter Klammern befestigt.
Das zweite Erfolgsgeheimnis der Kenworth-Fahrzeuge betrifft die Radaufhängungen, bei denen es sich um den amerikanischen Vorläufer des Drehstabsystems handelt. Jeder dritte Kenworth hat Drehstäbe, die bereits im Jahre 1938 erstmals angewandt wurden. Sie sind leicht und bilden ausserdem eine ausgezeichnete Stütze für das

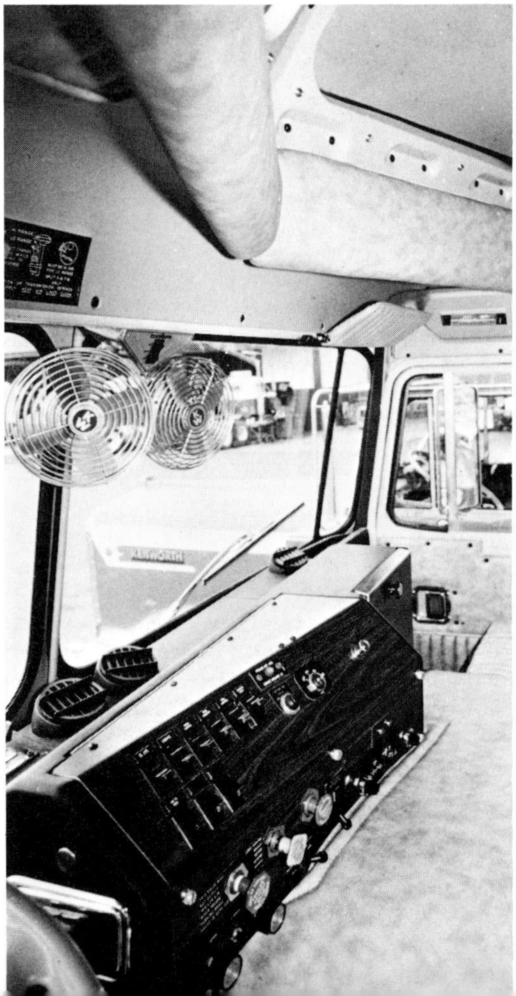

Fahrgestell; sie verlangen wenig Wartung und verlängern die Lebensdauer der Reifen (sagt man im Werk, was allerdings auch von den Truckern bestätigt wird). In seinen Katalogen zeigt Kenworth auch eine klassische Aufhängungsart mittels Blattfedern, die „Glide ride", die für zwei Hinterachsen eine Ladefähigkeit von 17 t hat, d.h. zwei Tonnen mehr verkraften kann, als eine andere Aufhängungsart. Für einen noch grösseren Bedarf besteht die Möglichkeit, dieses Ladegewicht auf ca. 20 t zu erhöhen, indem die Last entweder gleichmässiger d.h. zu 50-50 auf jede Achse verteilt wird, oder indem die Achsen unregelmässig belastet werden, d.h. zu 55-45.
Der K 100 ist ein Cabover, d.h. eine Zugmaschine mit vorgeschobener, über dem Motor liegender Kabine. In seiner Gesamterscheinung unterscheidet er sich wenig von den anderen Konstruktionen dieser Klasse : Die Vorderfront steigt senkrecht empor wie eine Mauer; in ihr sind die doppelten Scheinwerfer und das Kühlergitter integriert, wo sich der „Grilldenser" befindet. Hierbei handelt es sich um den Kondensator der Klimaanlage, der im Werk in den Kühler eingebaut wird, und so direkt dem Frischluftstrom ausgesetzt ist.
Beim Cabover K 100 stehen mehrere Kabinen von unterschiedlicher Grösse zur Wahl. Es gibt im ganzen sechs, wovon die kleinste, ohne Liege und nur für kurze Transportstrecken bestimmt, 52 Zoll tief ist (1,17 m). Danach gibt es 63, 73, 76, 86 und 108 Zoll tiefe Kabinen. Ab 76 Zoll ist eine Liege eingebaut. Die Matratze in der Kabine „76" ist 26 Zoll breit, 32 Zoll in der Kabine „86" und 54 Zoll in der von „108". Bei dem Cabover 108 steht die Version „Aerodyne" zur Verfügung. Wie beim Berliet Zentauer handelt es sich um eine Überhöhung des Daches aus Kunststoff, die mit einer kleinen Windschutzscheibe versehen ist. Diese erst vor kurzem herausgebrachte Neuerung ist jedoch nur selten auf den amerikanischen Interstates zu sehen, vor allem deshalb, weil sie der langen Kabine gegenüber nur wenig Vorteile bietet. Gewiss besteht die Möglichkeit, ein zweites Bett unterzubringen, das reicht aber nahe bis an die obere Windschutzscheibe heran. Gewiss kann man auch wahlweise anstelle des zweiten Bettes eine Kochnische einbauen lassen, aber diese Dinge sind in Amerika nicht gefragt. Der ganze Unterschied zwischen dem Aerodyne — in Europa „Transorient" genannt — und dem 108-Standardmodell liegt in seiner Höhe und dem damit vergrösserten Raumangebot, das Platz für eine zweite

Der besonders gut durchdachte Innenraum des Aerodyne von Kenworth aus zwei verschiedenen Blickwinkeln : Links der Kommandostand, rechts das Schlafabteil mit seinen zwei übereinanderliegenden Betten.

obere Liege lässt, mit veschiedenen, darunter vorgesehenen Ablagemöglichkeiten. Und 2 000 Dollar Aufpreis...
Jetzt fehlt zur Vollständigkeit nur noch der W 900, der gleiche Truck, aber in der Conventional-Bauart. Der W 900 ist der Star des Westens, der Rolls der Könige, der König der Conventionals.
Der W 900 ist vor allem eine imposante Erscheinung, ein berühmter Name, eine Legende. Conventionals gibt es auf allen Verkehrsachsen Nordamerikas, in Kanada und noch weiter oben im Norden. Wenn man allerdings zu Conventional noch das magische Wort „Ken" oder KW hinzufügt, nehmen die majestätischen Formen des W 900 und das rote, hoch über dem chromglitzernden, gigantischen Kühler thronende Markensymbol „KW" ihre volle Bedeutung an. Mit der relativ schmalen Windschutzscheibe, den braun oder grün getönten Fenstern, welche die in einem Stück gegossene Kunststoff-Kühlerhaube überragen, unter der man eine ganze Druckerei und ein Restaurant unterbringen könnte, wird dieser Truck zum technischen Kunstwerk. Er könnte allein, auch ohne seinen Anhänger, im Triumph die Champs-Élysées hinunterfahren. Mit seinen beiden Auspuffrohren, die wie funkelnde Schornsteine in die Luft ragen, mit seinen chromglänzenden Rädern, in denen sich die roten Berge von Monument Valley (Utah) widerspiegeln und seinem unabhängig angebauten, gewollt unmodernen „sleeper" ist er einfach umwerfend schön! Eine Mischung aus geballter Kraft, technischen Spitzfindigkeiten wie selbstentfrostende Rückspiegel und leicht veralteter Linien, so erobert er die Herzen der Trucker müheloser als ein Teenager. Überhaupt verschwindet der Trucker neben ihm, er wird ganz klein, trotz seines Stetson und seiner tollen Cowboystiefel.

THERMO KING

PETERBILT

In Seattle im Staate Washington : Kenworth. Zwei Staaten weiter südlich, in Kalifornien : Peterbilt. Wer den einen erwähnt, denkt automatisch auch an den anderen. Zwei Rivalen von gleicher Noblesse und gleichem Prestige, deren Fahrzeuge perfekt sind bis zu den Gewinden der Radbolzen. Peterbilt war in den zwanziger Jahren dank der Tatkraft eines Mannes entstanden, Al Pertermann, der für sein Unternehmen schwere und solide Fahrzeuge brauchte. Diese Tradition im Bau leistungsstarker Modelle ist bis heute erhalten geblieben. Aber auch eine Tradition der Ästhetik, die auf einer schlichten Linienführung und monumentalen Ausmassen beruht, welche die urwüchsige Kraft im Ansturm gegen die Hochebenen verdeutlicht. Mit seinen Ausstattungen und Preisen kommt „Pete“ direkt hinter „Ken“, seinem absoluten Rivalen.

PETERBILT

Wenn man Amerikaner und grosser Liebhaber von Trucks ist, dann gibt es zwei Möglichkeiten : Entweder man ist arm, dann versucht man, sich auf irgendeine Weise das Geld für die Fahrt nach Newark-Kalifornien zu beschaffen, stellt sich bei Peterbilt als der potentielle Käufer eines Cabover Typ 352 vor und verlangt einen Katalog. Damit beladen kehrt man nach Hause zurück und verstaut mit andächtiger Behutsamkeit seinen kostbaren Katalog in der Bibliothek zwischen den gesammelten Werken von Jim Thompson und Jean de la Fontaine, in Leder gebunden und mit Zeichnungen von Gustave Doré verziert. Oder aber man kauft einfach einen „352" in Luxusausführung oder einen Conventional „359".

Die Bemühung um Spitzenqualität entspricht einer langen Tradition, die mit der „Al" Peterman-Epoche beginnt. Al Peterman war ein Industrieller, der in Tacoma, im Staate Washington (nordwestlichster Staat Amerikas) eine Mine besass. Er war ein reicher Mann, der ausserdem noch mit den besten Bauhölzern Handel trieb. Um nicht mehr auf unzweckmässige Transportmittel angewiesen zu sein, kaufte er im Jahr 1939 das alte, 1915 gegründete LKW-Unternehmen Fageol auf. Diese Firma hatte sich im Bau von Bussen bester Qualität und Trucks der mittleren Gewichtsklasse spezialisiert. Al Peterman machte sich den Ruf der Qualitätsfabrikate zunutze und legte beim Bau neuer, schwererer Fahrzeuge den gleichen Maßstab an. So entstanden im Werk von Oakland/Kalifornien die ersten Peterbilt-Trucks mit den Typenbezeichnungen 280 DD, 350, 360, 370, 390... und nach der Bauart der Conventionals. Aufgrund zahlreicher Anfragen und im Zuge einer modischen Tendenz erschien der erste Cabover erst nach dem Krieg. Zu Beginn der sechziger Jahre bekam er dann die Fahrerkabine, die man — von Detailmodifikationen abgesehen — auch heute noch sehen kann. Zu bemerken wäre noch, dass Peterbilt seine Tätigkeit im Jahre 1939 begann, im gleichen Jahr wie Freightliner.

Seit diesem Datum ist Peterbilt seiner Anfangspolitik treu geblieben. Sie beruht auf zwei Grundsätzen : Nur eine begrenzte Auswahl von Cabover- und Conventional-Modellen der höchsten Gewichtsklasse zu bauen, und dabei um eine erstklassige Qualität bemüht zu sein, die auf der handwerklichen Fertigung möglichst vieler Einzelteile beruht.

Es gibt natürlich bei Peterbilt auch ein Fliessband, jedoch bleibt jeder Auftrag eine individuelle Anfertigung, bei der die Wünsche der Kunden massgebend sind. Ganz im Anfang waren die Peterbilt-Kabinen aus Stahlblech. Ab 1950 bekam der Cabover einen Aufbau aus Aluminium, der seit 1951 auch für den Conventional wahlweise zur Verfügung steht. Die Politik einer absichtlich niedrig gehaltenen Anzahl von Modellen, einer auf den Millimeter genauen Fertigung und die Verwendung edler Materialien wird seit 40 Jahren unverändert betrieben. Heute besteht die Peterbilt-Modellreihe aus fünf Basismodellen, dem 300, der hauptsächlich an Baustellen eingesetzt wird, dem für denselben Zweck bestimmten 346, den es jedoch in verschiedenen Ausführungen gibt, dem 348 (gleiche Lenkung), dem 351 und dem 359, Version Hoch- und Tiefbau und Schwestermodell des 353. Mit Ausnahme des 300, der ein Cabover ist, sind alle anderen Versionen Conventionals.

Die Modelle, die uns hier interessieren, die majestätischen und chromglitzernden Giganten, deren glänzende Räder nie mit Schlamm und Dreck in Berührung kommen und deren makellose Karosserie von Verschmutzungen aller Art verschont bleibt sind die verschiedenen Versionen des 352 Cabover und des 359 Conventional.

Für den Cabover 352 bietet Peterbilt zwei Hauptversionen an : Das 352-Serienmodell mit einem 350 PS-Motor und den 352 H mit einem bis zu 600 PS starken Triebwerk. Beide Zugmaschinen haben die gleiche Silhouette mit ihrer völlig platten, von zwei doppelten Scheinwerfern eingerahmte Frontpartie, einem mathematisch rechteckigen Kühler ohne Verbreiterungen oder Abrundungen wie bei den Kenworth-Trucks beispielsweise, und einer unterteilten, hoch oben angebrachten Windschutzscheibe, mit der die Frontpartie aussieht wie die Steilwand einer Klippe. Der Unterschied zwischen den beiden Versionen 352 und 352 H liegt in den Stoßstangen, die bei dem 352 zwei kleine Belüftungsschlitze aufweisen; beim Modell H sind sie breiter und die Nebelscheinwerfer sitzen dichter beieinander. Wie man sieht, handelt es sich um belanglose Details, und wenn der Trucker eine Stoßstange vom Modell H auf seinen Serien-352 montiert und den Rest selbst bastelt, ist ein Unterschied nur schwer festzustellen. Selbst die Tanks sind bei beiden Modellen auf die gleiche Art untergebracht. Der 352 macht also mit seinen geraden, eckigen Linien einen etwas schwerfälligen, massigen Eindruck, und nur die beiden, in einem leichten Winkel zueinander geneigten Teile der Windschutzscheibe und die Form des

Kabinendaches lockern die strengen Linien dieser stählernen Masse etwas auf.
Bemerkenswert ist das kleine ovale Markenschild mit dem silbern glänzenden Namen „Peterbilt" auf rotem Grund, der Name des Gründers der Marke, „Al" Peterbilt. In der Sprache der Trucker heisst der Peterbilt „Pete".
Das Fahrgestell des Peterbilt 352 besteht aus zwei handwerklich zusammengebauten Stahl- oder Aluminium-Längsträgern. Seine Besonderheiten liegen vor allem in den Abständen von maximal 48 inches, in denen die Verbindungsstreben angebracht sind, sowie in den grossflächigen Winkeleisen. Peterbilt hat eine kleinere Auswahl von Aufhängungssystemen als Kenworth. Als firmeneigene Fabrikate bietet er entweder ein pneumatisches System an, „Air-Leat" genannt, oder ein System von an sechs Punkten angebrachten Blattfedern mit einer Tragfähigkeit von maximal 17 t. In der Tat beschränkt Peterbilt sich darauf, zusammenzubauen und nicht nach neuen Lösungen zu suchen, und nur sehr wenige wirklich originelle Teile stammen aus seinen Werken. Der Peterbilt Conventional ist vom gleichen Kaliber. Attraktiv von den Antennenspitzen bis zu den glänzenden Radbolzen, von seinem beeindruckenden Kühler, abweisend wie eine Panzerschranktür, bis zu seinen doppelten Scheinwerfern, die wie das Gitter eines Phillips-Rasierapparat aussehen. Es gibt zwei Modelle von Conventionals : Den 359-19 und den 359-13. Abgesehen von den Stoßstangen und den Scheinwerfern sehen sie sich so ähnlich, dass man sie nur schwer unterscheiden kann. Ihr wesentliches Merkmal ist die Länge der Motorhaube, die bei der Version 19 grösser ist, als bei der Version 13. Warum 19 und 13? Weil der eine von der Stoßstange bis zur Kabinenrückwand 113 1/4 Zoll misst, und der andere 119 1/4 Zoll, ganz einfach. Der eine hat einen kleineren Motor, der andere ein stärkeres Triebwerk. Ein weiterer, allerdings unsichtbarer Unterschied : Die Haube und Kotflügel des 359-13 sind ganz aus Glasfaser, wogegen diejenigen des 359-19 aus Metall sind. Wie gesagt, ein unsichtbarer Unterschied, den man aber kennt. Kenworth genießt den Ruf des Königs der Trucks? Trotzdem ist der Rang von Peterbilt beneidenswert. Peterbilt, den Ted Engs, „dealer" von Pete, als den „Cadillac of the Trucks" bezeichnet. Vielleicht kostet aus diesem Grund ein Pete mehr als ein Freight, mehr als die meisten amerikanischen Trucks.

Wie in einem Rennwagen : Das komplett ausgestattete, reichlich bestückte Instrumentenbrett des Peterbilt, dazu das ungemein sportliche, lederbezogene Vierspeichen-Lenkrad.

PETERBILT

Der Conventional (oben) ist eindrucksvoller als der Cabover (unten). *Rechte Seite oben :* Ein Cabover mit einer besonders geräumigen Kabine (110 Zoll tief). *Unten:* Ein serienmäßig dekorierter Conventional.

Peterbilt

268

MACK

Ein Name mit hellem, hartem Klang, so hart wie die stilisierte, kantige Silhouette der Bulldogge als Kühlerfigur und Markensymbol der Firma. Besonders seit dem Erscheinen des Conventional Super-Liner. Er wurde in Kalifornien entworfen und entwickelt, um die Vorrangstellung der „Ken"-, „Pete"-oder „Freight"-Trucks zu brechen. Seine Hersteller verliehen ihm Potenz und Ausdauer. Sein Name ist synonym mit entfesselten PS hinter einem furchterregenden, rechteckigen, grossartigen Kühler, der für die Ewigkeit gebaut scheint. Chromglänzend stellt er die Synthese aus Kraft und Schönheit dar mit seinen harten Kanten und den attraktiven, golden und silbern schillernden Lackierungen. Dazu kommt der Vorteil, ein hundertprozentiges „Mack-Mack"-Produkt zu sein.

Wenn Dick Glaze von seinem Super-Liner, einem prachtvollen, ganze drei Monate alten Mack Conventional heruntersteigt, sehe ich gleich an der Bewegung seiner buschigen Augenbrauen, dass etwas nicht stimmt. Dick ist keiner von denen, die immer unzufrieden sind oder an sich zweifeln. Er ist ein richtiger Cowboy-Trucker, äusserlich, aber auch in seinem Wesen und aus innerster Überzeugung heraus, lebhaft lustig, selbstsicher, massig wie der Kühler seines Trucks, durch und durch sympatisch. Wenn allerdings etwas mit seinem Mack nicht klar ist, oder wenn der ihn ganz und gar im Stich lässt, dann kommt es unter seiner Schädeldecke zur Explosion. Alles kann schiefgehen, aber sein Mack muss ihm treu bleiben. Die ganze Welt kann untergehen, ihn berührt das nicht, wenn nur der blaue Panzer seines Mack makellos und strahlend bleibt. Gestern hat er das kleine, links vorne an der Motorhaube angebrachte Markenschild „Super-Liner" verloren.

Keine grosse Sache an sich, dieses zehn Zentimeter lange Schild mit sei-

nen stählernen Buchstaben, aber es ist verloren, und das Problem ist ernst. Es lässt ihm keine Ruhe, vor morgen früh muss Ersatz gefunden werden, da fährt er nämlich nach Quebec.
Kommt nicht in Frage, sich so verstümmelt in der Öffentlichkeit zu zeigen! Dick muss unbeschwert fahren können, eingewiegt durch seinen 82 000 Dollar teuren, intakten und strahlenden Mack. Dick ist das Beispiel eines unabhängigen Truckers. Er ist in den Dreissigern und hat eine Silhouette, die wie aus Granit gehauen scheint.
Acht Jahre lang hat er bei einem Unternehmer gearbeitet; dann hat er sich selbständig gemacht, indem er anfangs gebrauchte Macks kaufte. Heute ist er stolzer Besitzer von zwei Super-Liner Conventionals. Er selbst fährt mit dem blauen und überlässt den metallgrauen seinem Kumpel William. Beide verkaufen ihre Dienste an grosse Transportgesellschaften und sind permanent auf der Suche nach Frachtgut. Das Geld wird so schnell wieder ausgegeben, wie es verdient wird. Übrig bleiben nur die beiden Mack, Symbol ihres Vermögens.
Mit ihnen fahren sie riesige Strecken, durchqueren den amerikanischen Kontinent nach allen Himmelsrichtungen und gönnen sich selten Ruhe. Die Mack sind mit je vier glänzenden, insgesamt 420 Gallonen fassenden (1 600 Liter) Tanks ausgerüstet, was ihnen eine beachtliche Autonomie von 3 200 km verleiht! Mit seiner Frau an Bord und seinen 450 PS in Händen, fährt Dick von Interstate zu Interstate und berührt dabei nur so am Rande die Zivilisation.
Die Firma Mack wurde im Jahr 1900 im Osten der Vereinigten Staaten gegründet. Ihr Firmensitz befindet sich in Allentown/Pennsylvanien. Die ursprünglich von den Brüdern Mack in New York anlässlich der Konstruktion eines Vierzylinder-Autobusses gegründete „Mack-Brothers Motor Car Co." zog im Jahr 1905 nach Allentown um, wo sie sehr bald eine ernstzunehmen Konkurrenz für die anderen Firmen wurde. In den Jahren 1914 bis 1918 baute sie ein für die Armee bestimmtes Fahrzeug, den Vierzylinder AC. Es hatte ein sehr charakteristisches Aussehen, mit einer hohen Kabine und einer leicht

Mack gegen Kenworth. Unterschied : Mack ist der einzige amerikanische LKW-Hersteller, der alle Teile seiner Trucks selber baut.

MACK

Ein veraltetes Mack-Modell : Der RS 700 mit seinem charakteristischen Kühlergrill. *Unten :* Der Kommandostand eines Conventional Super-Liner. *Rechte Seite :* Die furchterregende Front des gleichen Modells.

THERMO KING
MACK
75 FLORIDA
43TE-930
SUNSHINE STATE

plattgedrückten Frontpartie. Die englischen Soldaten gaben diesem Fahrzeug den Namen „Bull-dog“ wegen seiner Stummelschnauze und seiner untersetzten Silhouette. Später griff man den Namen wieder auf und machte daraus das Markensymbol der Firma.
Wahrscheinlich hatten die Mack-Conventionals zwischen 1950 und 1960 ihr attraktivstes Gesamtbild erreicht : Die seitlich weit herumgezogenen Kotflügel, eine Motorhaube mit harmonischen, abgerundeten Linien und die nach hinten geneigte Windschutzscheibe vermitteln auch heute noch einen Eindruck geballter Kraft, hoher Leistung und gleichzeitig grosser Leichtigkeit. In Kalifornien habe ich einen jungen Trucker von 22 Jahren kennengelernt, dessen bis auf's i-Tüpfelchen sauberer B 61 völlig neu aussah. Trotz einer stattlichen Anzahl von Jahren und mehrerer Millionen Kilometer glänzte sein Truck wie am ersten Tag. Im Jahr 1958 arbeitete Mack einen neuen Entwurf für seinen Cabover aus, der jedoch trotz einer niedrigeren, moderneren Silhouette auch nicht gefälliger aussah, als der HT 61 des Jahres 1951.
Die wesentliche Neuerung erfolgte im Jahr 1953. Mack hatte dieses Jahr gewählt, um seinen eigenen Dieselmotor herauszubringen, den Thermodyne mit Direkt-Einspritzung, den es auch in einer Kompressor-Version gab. Nicht nur die technischen Lösungen dieses Motors stellten eine kleine Revolution dar, sondern Mack wurde damit der einzige amerikanische Hersteller, der selbst seine Motoren baute. Die anderen Firmen begnügten sich damit, ihren Bedarf mit der Cummins-Modellreihe, oder mit Triebwerken anderer Marken zu decken.
Diese mit „total integriert“ bezeichnete Markenpolitik existiert auch heute noch, denn 90 % aller Fahrzeuge, die das Werk in Allentown verlassen, sind „Mack-Mack“ Exemplare, d.h. ausschliesslich von dieser autonomen und dynamischen Firma konzipierte, hergestellte und zusammengebaute Fahrzeuge. Aus dem Thermodyne von 1953 wurde im Jahr 1966 der Maxidyne entwickelt der eine konstante Leistung und ein hohes Drehmoment aufweist, und im Jahr 1973 der Maxidyne mit einem Doppel-Kompressor.
Die Spitzenmodelle der Mack-Trucks, die Giganten der Highways, sind der Cabover Cruise-Liner und der Conventional Super-Liner. Der für den Conventional Super-Liner vorgesehene Standardmotor ist der Typ „300-PLUS“ ETAZ 673 A. Es handelt sich dabei um einen biederen Sechszylinder, der bei 1 900 U/min. eine Leistung von

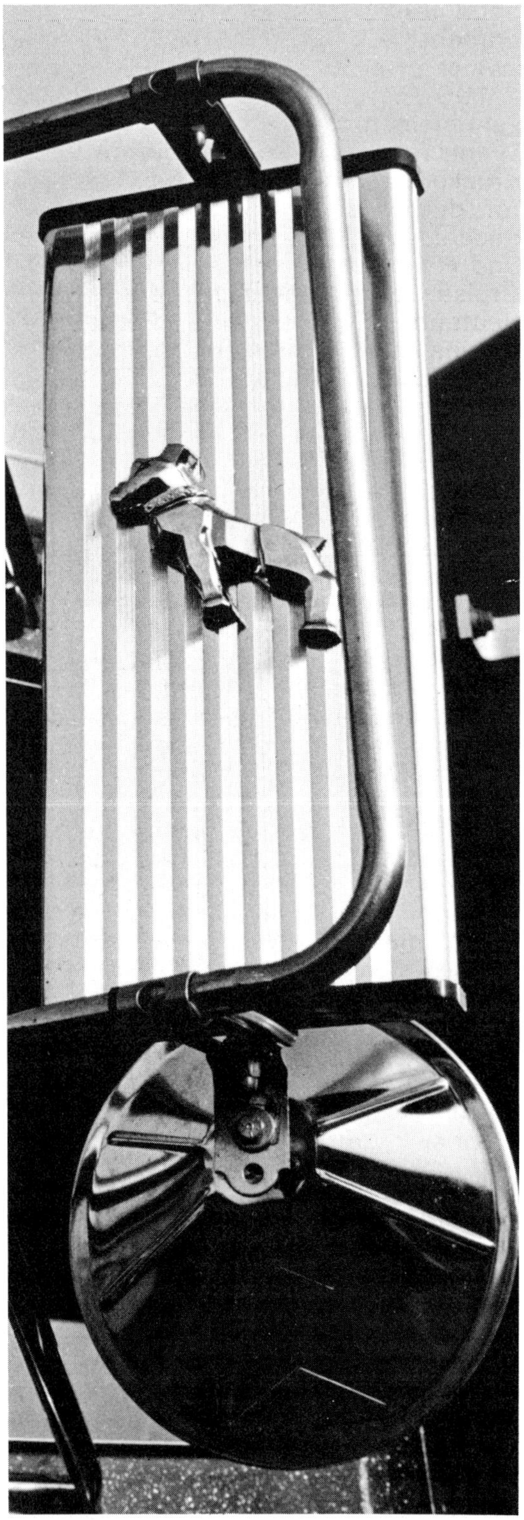

315 PS abgibt; mit diesen niedrigen Drehzahlen ist der Motor in Kalifornien beispielweise nicht zugelassen. Es ist ein Kompressormotor mit einem Hubraum von rund 11 Litern, bei dem das beste Drehmoment bei 1 450 U/min. liegt. Wenn man mehr Leistung und ein güngstigeres Drehmoment haben will, gibt es in der Mack-Modellreihe zwei 400 PS-Motoren (298 kW), die Typen ETAZ 1000 und ETAZ 1005 A. Der erste gibt seine Höchsleistung schon

bei 1 900 U/min. ab, wobei das Drehnoment bei 1230 U/min. liegt. Der zweite erreicht seine 400 PS erst bei 2 100 Touren. Drehmoment und Drehzahl bleiben gleich.
Wenn man im Einzelnen diesen beeindruckenden, massigen Truck betrachtet, dessen aggressive Vorderfront wie geschaffen scheint zum Kampf mit Zeit und Raum, erscheint sein Bruder, der Cruise-Liner-Cabover, fast etwas unbedeutend. Gewiss, eine Frontlenker-Kabine ist nicht mit einer „long nose" zu vergleichen, trotzdem wirkt die Linienführung des Cruise-Liner von Mack neben einem Freight oder einem Pete weniger straff, weniger überzeugend. Vielleicht liegt das an den abgerundeten Linien, am Muster des Kühlergitters, das durch die vielen senkrechten Stäbe an Einheitlichkeit verliert, oder an seiner tiefer in die Vorderfront herabgezogenen Windschutzscheibe. Wenn man ihn auf einem Parkplatz oder in seinem Rückspiegel sieht, wirkt der Cruise-Liner nicht überwältigend und triumphierend, sondern eher langweilig und nichtssagend. Was den technischen Aufbau betrifft, so findet man hier wieder die Bauelemente des Conventional : Chassis, Aufhängung, Achsen, Getriebe... Die empfohlenen Motoren sind entweder der „300-PLUS" mit 315 PS (ETAZ 673 A) oder der Maxidyne mit 237 PS (ETAZ 675). Bei Mack ist dieser Motor ein klassischer Bestandteil, das Kernstück der Trucks, das sich in bezug auf Leistung und Widerstandsfähigkeit hinlänglich bewährt hat. Es ist ein Sechszylinder, der seine Höchstleistung bei 2 100 U/min. abgibt, und dessen Drehmoment bei 1 200 U/min. liegt. Für Trucker, die trotzdem ihr Glück woanders versuchen wollen, können der Caterpillar 3406, der Detroit Diesel 0092 oder der Cummins Formula E 350 eingebaut werden. Mit der Kabine des Cruise-Liner COE versucht sich Mack in einer anderen Richtung : Das Fahrerhaus besteht nicht mehr aus Stahl, sondern aus vernieteten Aluminiumblechen, wie auch die Türen und der Kühlergrill. Das Dach besteht aus Kunststoff. Das Cockpit des COE ist einmalig mit dem seitlichen Vorsprung der Mittelkonsole, die den Fahrer einrahmt und einer Batterie von Instrumenten, die man nur mit der an Bord eines Flugzeugs wie der DC 10 vergleichen kann : zur Rechten befindet sich ein Radio, ein Drehzahlmesser mit Skaleneinteilung bis zu 3 600 U/min. Alle Kontrollinstrumente sind mit einem Blick erfassbar, das Lenkrad ist verstellbar und der Fahrer- und Beifahrersitz sind mit einem pneumatischen Aufhängungssystem versehen. Mack hat einen Lebensraum von erstklassiger Qualität geschaffen, mit einem überall gegenwärtigen Bedienungskomfort; sein Bulldoggen-Markensymbol ist in den Kunststoff der Türverkleidungen eingepresst. Das Basismodell der Kabinen ist 54 Zoll tief (ohne sleeper-box). In den Kabinen von 76 und 90 Zoll kann eine Liege untergebracht werden; auf diesem Gebiet kann Mack es nicht mit den Pete-Kabinen von 110 Zoll, oder denen von Ken mit 108 Zoll aufnehmen. Ob das ein Vorteil oder ein Nachteil ist, lässt sich schwer sagen. Jedenfalls ist es eine Tatsache, dass die grossen, tiefen und mollig-gemütlichen Kabinen nicht sehr zahlreich sind. Im allgemeinen sind sie den Trucker-Paaren vorbehalten, die regelmässig miteinander reisen. Und Trucker-Paare gibt es nur wenige.

Den Spitznamen Bulldogge gaben die britischen Soldaten während des ersten Weltkriegs den Mack-Lastwagen wegen ihrer plattgedrückten Front. *Oben :* Das Schwestermodell des Conventional Super-Liner ist dieser Cabover Cruise-Liner, ein moderneres Modell als der RS 700.

FREIGHTLINER

Freightliner wird auch die „Efficient Machine" genannt, und als der Truck „for the new american hero" beschrieben. Zwei Definitionen, die genauer über seine Konzeption und Verkaufspolitik Auskunft geben, als lange Beschreibungen und die überdeutlich in seiner Gesamterscheinung zu erkennen sind. Im Jahre 1939 gegründet, verleiht Freightliner den Kabinen und Fahrwerken seiner Modelle die Form des „alten Amerika", das Aussehen der Pioniere des Wilden Westens und die Widerstandsfähigkeit der Fahrzeuge von damals. Dabei kommt die Ästhetik keineswegs zu kurz. Die rechteckigen Aluminiumgitter der Frontpartie harmonisieren mit den strengen, geometrischen Motiven der Kabinenwände und bilden mit den bis zum Boden reichenden Linien des Fahrerhauses ein harmonisches Ganzes. Heutzutage werden die Freight auch im Osten gebaut. Man sollte sie nicht unterschätzen!

FREIGHTLINER
FREIGHTLINER
292866
OREGON
T391385

FREIGHTLINER

Manche Trucker sagen, dass ein Freight nicht die Klasse seiner beiden grossen Konkurrenten habe, dass er ein weniger glanzvoller Rivale sei und unterstellen damit, dass er der Truck des Westens für die Armen wäre. Das ist natürlich übertrieben, aber der Ruf, nur der „Zweite" zu sein, besteht trotzdem hartnäckig weiter. Zur Zeit der White-Freightliner hiessen diese Trucks in der CB-Sprache „the Japanese", d.h., dass man sie zu den Grosskonsumgütern von zweifelhafter Qualität zählte.
Die Verkaufspolitik von Freightliner basiert auf der Lebensdauer und der Solidität seiner LKW's. Für diese grosse Firma des Westens sollen die Trucks die ehemaligen Planwagen ersetzen, die zur Zeit des Goldrauschs imstande waren, gewaltige Lasten über ebenso gewaltige Strecken zu transportieren. Freight nimmt für sich in Anspruch, der Bewahrer des Far-West-Mythos zu sein, der Legende der langen Ritte, der unermüdlichen, harten Männer, der unermesslichen Weiten und der zu bezwingenden, steilen Berghänge. Dafür bedarf es echter Männer und widerstandsfähigen Materials, das zur Eroberung einer menschenfeindlichen Umwelt erdacht wurde. Unter diesem Gesichtspunkt wird ein Freightliner gekauft. Er ist für Männer gedacht, die sich als Nachkommen einer glorreichen Vergangenheit fühlen; sagt doch die Firma, dass ihre Trucks für den „neuen amerikanischen Helden" gebaut worden seien, „for the new american hero". Sie sucht nicht nach revolutionären technischen Lösungen, im Gegenteil. Einfachheit ist ihr Konstruktionsprinzip; ihre Trucks sollen robust sein und die Zeiten überdauern. Allerdings will Freight seine Trucks auch so attraktiv wie möglich gestalten für diese Männer, die sich mit den Cowboys der Vergangenheit identifizieren und in Gedanken mit den Geschichten der Saloons und den in Schlamm, Alkohol und Blut ausgetragenen Kämpfen leben.

Freightliner hat in Portland/Oregon, mitten in den Weststaaten seinen Sitz. Die Firma kennt deshalb sehr gut diese ganze Gedankenwelt, die für uns Europäer vielleicht etwas kindisch erscheinen mag, dort aber natürlich ist. Im Hinblick darauf entwirft Freight seine Modelle : die Silhouette seiner Trucks ist massig und kantig; er macht keine Konzessionen an die Mode mit abgerundeten, versöhnlichen Formen. Alles ist eckig und glänzt metallisch hart. Im Jahre 1939 startete die Freightliner Corporation ihre Tätigkeit als LKW-Hersteller.

Nach dem Krieg brachte sie einen Cabover der Klasse „8" heraus, der von einem Sechszylinder Buda oder von einem Cummins-Dieselmotor angetrieben wurde. Im Jahre 1951 schlossen White und Frightliner Verträge ab, die anfänglich für beide Firmen bedeutende Vorteile brachten : Freightliner profitierte vom Verkaufs- und Servicenetz von White, während White, eine Firma des Ostens, durch Freight im Westen Fuss fassen konnte. Mit der Zeit wirkte sich die Zusammenarbeit der beiden Partner eher störend aus, nämlich als Freightliner anfing, sich zu entwickeln und an Bedeutung zu gewinnen. Sie hörte im Jahre 1979 ganz auf. Zu diesem Zeitpunkt übernahm der Konstrukteur des Westens wieder sein über dem Kühler angebrachtes Markenschild „Freightliner", und gab das von 1951 bis 1976 getragene Schild „White-Freightliner" auf.
Nicht umsonst wird ein Freightliner „the efficient machine" genannt : Niedrige Preise, lange Garantien und eine ansprechende Silhouette sind wirksame Faktoren, die dazu beitragen, ihm auf vielen Gebieten eine Vorrangstellung zu sichern. Das Äussere eines Freight-Conventional beispielsweise steht dem eines Ken oder Pete in nichts nach. Sein hoch angebrachter Kühler, seine

im alten Stil anmontierten Kotflügel und die unterteilte Windschutzscheibe sind klassische Details. Freight versucht gar nicht, seinen Modellen eine moderne, windschlüpfige Silhouette zu geben, sondern im Gegenteil mit der Wiederholung bewährter, immer noch gültiger Formen die alten Traditionen wieder aufleben zu lassen. Ohne seine Chromteile und Dekorationen könnte man ihn für einen alten Truck der fünfziger Jahre halten. Gerade darin liegt der Erfolg von Freight, der zu seinen altertümlich aussehenden Trucks eine geschickte Aussendekoration mit einer unglaublichen Anzahl von Motiven, Farben und Formen anbietet, die dem Trucker den Eindruck vermitteln, dass sein Truck kein Serienprodukt, sondern eine einmalige Schöpfung ist.
Die Kabine, die „sleeper-box", die Motorhaube, die Kotflügel, die Tanks mit ca. 190 bis ca. 640 Litern Fassungsvermögen, die Trittbretter, die Hinterachsschubstangen, der Kühlergrill, hinter dem sich der Kühler befindet, die Nabenträger, die Halterungen der Radaufhängung, alles ist aus Aluminium. Das Ergebnis ist ein sehr niedriges Gesamtgewicht der Zugmaschine, die maximal ca. 5,9 t wiegt. Die Motorhaube lässt sich um 90° öffnen, wodurch die technischen Strukturen vollständig freigelegt werden, ein nicht zu unterschätzender Vorteil für die Wartung. Praktisch sind auch die abnehmbaren Trittbretter, unter denen die Batterien liegen, und das im Falle einer Elektrizitätspanne abmontierbare Armaturenbrett. Der Standard-Radstand beträgt 170 Zoll, auf Wunsch stehen Radstände bis zu 270 Zoll zur Verfügung. Die Gesamtlänge der Zugmaschine beträgt 249 1/2 Zoll, die der Fahrerkabine 120 Zoll.
Das alles ist Geschmackssache, allerdings auch eine Frage der Notwendigkeit. Welches auch die dem Cabover FLT 8664 T entgegengebrachten Gefühle seien, man muss ihm die vorteilhafteren Abmessungen in der Standardversion zugestehen. Der Conventional misst alles in allem 249 1/2 Zoll, der Cabover dagegen nur 236 1/2. Der Radstand des Conventional geht bis zu 170 Zoll, der des COE (Cab-Over-Engine) beträgt maximal 156. Das ist der springende Punkt : Zahlreiche selbständige Trucker träumen von einer „long nose", aber aus Vernunftgründen wählen sie einen Cabover, und ich muß sagen, dass der Freightliner-Cabover mit seiner von der Stoßstange bis zum oberen Rand des Kühlergrills platten Front auch ganz schön attraktiv ist.

Bei Freightliner nennt sich der Conventional FLC 12064 T und der Cabover FLT 8664 T. Man wirbt mit der Devise, daß die Trucks „für den neuen amerikanischen Helden" gebaut seien.

FREIGHTLINER

Freightliner bedeutet eine Zugmaschine aus Leichtmetall, eine weit oben in der Front sitzende, schmale Windschutzscheibe und eine überwältigende Dekoration. Die „sleeper-box" ist bis ins letzte Eckchen ausgepolstert, das Radio kann vom Fahrersitz und vom Bett aus bedient werden.

AMSTAR SYSTEMS

WHITE

Bei White gibt es den Road Boss, den Road Commander, den Xpeditor und die Modellreihe von Autocar. Aber das alles ist nichts im Vergleich zum Western Star. Der Western ist das Schönste vom Schönen, der überwältigendste Truck, neben dem nichts anderes bestehen kann. Übrigens nicht wegen einer revolutionären Kabine oder einem technisch ausgetüftelten Chassis, sondern einfach dank seiner Dekoration, um die sich für einen Aufpreis von 2000 Dollar die Massen reissen. Diese Dekoration räumt mit den überholten Vorstellungen vom ölverschmierten Nutzfahrzeug auf und macht aus dem Western mit seinen leuchtenden Farben ein Kultobjekt. Der „Western Star", der Stern des Westerns, ist ein lebendiges Gemälde im Herzen der Natur.

Die Modellpalette von White besteht aus dem Western Star als Cabover und Conventional, dem Road Boss 2 als Cabover und dem Road Commander 2 (der das gleiche Chassis aufweist, wie die beiden Western-Versionen), dem Road Xpeditor 2 und der Modellreihe von Autocar. Autocar ist seit einigen Jahrzehnten eine Abteilung von White. Diese zahlreichen Modelle der Klasse „8" werden in ganz Nordamerika gebaut. Die Abteilung Autocar z.B. sitzt in Exton/Pennsylvanien, der Road Commander und der Road Boss werden in Dublin/Virginia und in Ogden/Utah zusammengebaut, die beiden Western-Modelle ebenfalls in Ogden sowie in Britisch Columbia/Kanada, während das Mutterwerk im Osten, in Cleveland liegt.

Einen „Western Star" Cabover habe ich zum ersten Mal auf der Interstate 80 zwischen Reno und Lake City gesehen. Im Staate Nevada, genauer gesagt in Elko, im H.O. Miller Truck-Stop. Es ist sechs Uhr morgens, die Trucker wachen allmählich auf. Die Sonne steigt langsam im Rhythmus des unablässigen, tiefen Brummtons der

Thermo-king am Himmel empor, der Tag verspricht wieder unerträglich heiss zu werden. Einer nach dem anderen passieren die Trucks die Zapfsäule und die Wasser- und Ölstandkontrolle. Reine Routine vor den 700 oder 800 Meilen Tagesstrecke. Alles läuft langsam an, die Trucker, die Dieselmotoren und die Hitze. In einer Ecke steht ein funkelnder neuer Truck, gelb wie der Sand von Long Beach und schöner dekoriert als die Häuser von Venice (Los Angeles). Endlich entdecke ich den Western Star, einen eleganten Truck der Modellreihe von White, der im Westen (Utah) und in Kanada hergestellt wird. Dieser funkelnagelneue Western Star hat noch nicht einmal seine richtige Zulassung, sondern ein provisorisches „licence plate" aus Papier, das der Trucker vorne auf den Kühler geklebt hat. Der Trucker ist ein Schwarzer mit einer Silhouette wie John Wayne, breitschultrig und gross wie ein Berg. In seinen Augen ist die ganze Zärtlichkeit zu lesen, die er seinem prachtvollen „Dicken Brummer" entgegenbringt. Er geht langsam und bedächtig um ihn herum, man merkt ihm an, dass ihn schon das blosse Vorhandensein seines Western mit tiefer Befriedigung erfüllt.

Beim Anlassen reagiert sein Super-Truck nicht gerade freundlich. Er hat offensichtlich nicht die geringste Lust, sich in Bewegung zu setzen, um seine gewaltige Masse weiter zu befördern. Vorwärmen... Anlassen... Warten... Noch immer rührt sich nichts, der Western scheint nicht aus seinem Dauerschlaf aufwachen zu wollen. Da erscheint der Trucker mit einer Sprühdose von der Art „Start-Pilot" in der Hand in der Kabinentür, steigt gelassen die Stufen herunter und sprüht das Produkt in den Luftfilter. Dann klettert er genauso gelassen wieder in seine Kabine, zwinkert mir kurz zu und startet zum dritten Mal. Diesmal geruht sein Sechszylinder-Cummins in einer wahrhaft blendenden Form aus seinem anhaltenden Tiefschlaf aufzuwachen. Als der Trucker meinen verblüfften Gesichtsausdruck bemerkt, sagt er lachend : „Wenn er kalt ist, muss man ihm manchmal helfen; die Nächte hat er nicht so gerne. Mit dem da (er zeigt mir die Sprühdose), kann er sich die

Blick auf den monumentalen Kühlergrill, der aussieht wie ein Schloßportal, auf mathematisch genaue, rechteckige Scheinwerfer und auf eine sensationelle (aufgeklebte) Außendekoration. *Nächste Seite :* Fünf verschieden dekorierte White-Kabinen nebeneinander, mit schlichten und komplizierteren Mustern.

BANK OF AM ICA
CASA
Nuñez

ONE WILSHIRE
WHITE
WHITE

Nacht über vollaufen lassen, ich krieg' ihn damit wieder wach, wann ich will!" Welches auch immer die technischen Qualitäten des Western Star sein mögen, eines steht fest : Er ist der am besten dekorierte Truck der Klasse „8" der gleichzeitig mit der grössten Sorgfalt ausgestattet ist. Sein Äusseres ist klassisch mit den senkrechten Streben des Kühlergrills, der wie Walfischzähne aussieht. Im übrigen zeigt der Western Star eine solche Harmonie der Farben und Formen, dass er die besten Trucks aus dem Westen, oder von anderswoher, in den Schatten stellt. Weder Kenworth, noch Ford, selbst Freightliner können ihm das Wasser reichen.
Die gängigsten Dekorationen des Western sind das „Monument Valley" und zu beiden Seiten des Kühlers ein Indianerkopf, dessen Federschmuck sich über die Kabinenseiten hinzieht. Dazu kommen noch 21 Seriendekorationen in zwei oder drei Grundfarben, deren verschiedene Kombinationen insgesamt 306 Farbtöne ergeben; alles in allem kann der Trucker unter 55 Millionen (!) Dekorationsvarianten wählen.
Die Modelle Western Star, Road und Xpeditor haben das gleiche Fahrgestell. Es besteht aus zwei klassischen Längsträgern aus Stahl, die miteinander durch nicht weniger klassische Querstreben aus demselben Material verbunden sind. Es ist das Kernstück des Trucks, dessen Aufbau keine Überraschung bietet. Im Bug musste ein grosser Kühler eingebaut werden der in der Lage war, Triebwerke mit einer Leistung zwischen 290 und 450 PS zu kühlen. In das Fahrgestell kam der unvermeidliche Cummins-Motor vom Typ NTC 290, der eine Direkteinspritzung Cummins PT aufwies, sowie zwei aussen liegende Ölfilter „Full Flow" und „By Pass" und ein Luftfilter „Cyclopac". Dahinter befindet sich die hinlänglich bekannte Zweischeiben-Kupplung von 14 Zoll Durchmesser, die mit einem Schaltgetriebe der Marke Fuller vom Typ RTO 9513 und 13 Übersetzungsverhältnissen verbunden ist. Die hintere Doppelachse ist eine Rockwell Typ SQHP mit einer Tragfähigkeit von ca. 17 t. Die Achsantriebsuntersetzung beträgt 4,63 für eine einfache Hypoid-Untersetzung. Zur Wahl steht eine Tandem-Achse mit einer Tragfähigkeit bis zu 19 t. Die Lenkung ist vollhydraulisch. Die Tanks sind — je nach Wunsch — aus Stahl oder aus Aluminium, mit einem Fassungsvermögen von ca. 170 Litern für Nahverkehrs-Fahrzeuge und ca. 620 Litern für Fernverkehr-Long Hauls. Die Batterien, der By Pass des Ölfilters und die Luftreserven sind von aussen zugänglich, was auch keine Überraschung ist. Tatsächlich ist dieses Fahrwerk mit seinen Innenorganen ausgesprochen klassisch aufgebaut, wobei klugerweise alle bewährten Lösungen übernommen und auf Anwendung risikoreicher Spitzentechniken verzichtet wurde. Nachdem White dieses Fahrwerk jahrelang getestet hatte, stattete er damit, nach den notwendigen Detailmodifikationen, alle seine Modelle aus : den Western Star Cabover und Conventional, den Road Boss 2 (Conventional), den Road Commander 2 (Cabover) und den Xpeditor. Die Autocar-Modelle wurden nach eigener Konzeption entwickelt und gebaut. Von der gemeinsamen technischen Basis ausgehend, erhielten die verschiedenen Versionen ihre eigenen Kabinen und die dazugehörige Ausstattung. Die Kabine des Western Star, des schönsten und gelungensten aller Modelle — das sei hier nochmals betont — zeichnet sich durch seine imposante, von oben bis unten verchromte Kühlerverkleidung aus, durch seine rechteckigen Doppelscheinwerfer und durch seine in die Stoßstange integrierten Leuchten. Die Kabinenrückwand fällt schräger ab als die des Road-Commander gleicher Konzeption, die neu entworfen und der senkrechten, geraden Wand der „sleeper-box" angepasst wurde. Im Gegensatz zu den meisten Cabover, die um 90° nach vorne gekippt werden können, geht der Neigungswinkel der White-Kabinen nur bis zu 70°. Der Unterbau besteht aus Aluminiumblechen, die an manchen Stellen vernietet, an anderen verschweisst sind, d.h. an den tragenden Teilen, wo die Verwindungs- und Abscherbeanspruchung am grössten ist.
Für den Western Star hat der Trucker die Wahl zwischen drei Kabinenmodellen : die 53, 74 oder 88 Zoll tiefe Kabine. Dagegen steht ihnen die Detailpflege in nichts nach. Angefangen mit den grossen Scheibenwischern für die panoramische und aerodynamische Windschutzscheibe, dem Lenkrad von zwar unbedeutender Herkunft, das aber auch als Sportlenkrad mit drei Speichen und mit Leder überzogener Felge zur Verfügung steht. White bietet eine Unmenge verschiedenster Modelle von Sitzen in den verschiedensten Grössen und Formen mit pneumatischen Aufhängungsystemen an.
Das alles für den Pauschalpreis von 54 000 Dollar. Der nach der gleichen Grundkonzeption gebaute Cabover Road Commander 2 ist mit 52 000 Dollar etwas billiger. Nicht etwa wegen Unterschiede in seinem technischen Aufbau, sondern wegen einer einfacheren Innenausstattung und einer

einfallsloseren Aussendekoration. Mit der berühmten Dekoration „Monument Valley" zum Beispiel gehört der Western Star zu der kleinen Zahl der technischen Kunstwerke. Die Mehrausgabe von 2 000 Dollar ist durch die sorgfältigere Detailpflege der Innenausstattung zu erklären, vor allem aber durch die Malerei auf den Kabinenwänden, die das New Yorker Museum für moderne Kunst in seinen Speichern aufbewahren, und in einigen Jahren — eben als moderne Kunst — ausstellen sollte. Der Road Commander mit seinen einfachen Scheinwerfern, dem zweiteiligen Kühlergrill und den Trittbrettern, die wie Leitersprossen aussehen, sieht im Gegensatz dazu eher nüchtern aus. Alles das sind zwar nur Kleinigkeiten, die aber bei dem Gesamteindruck eine Rolle spielen.
Im Grunde kann man sagen, daß der Road Commander und der Western Star Cabover sich zu 95 % gleichen, und zwar in ihrer Gesamterscheinung wie auch in ihrem technischen Aufbau. Bei beiden findet man das gleiche Chassis, die Trägerelemente und das Instrumentenbrett. Nur die Innenausstattungen wie „Standard Interior", „Deluxe Interior" und „Custom" geben dem Western Star den Schliff der Luxusprodukte und damit den Vorrang vor dem Road Commander. Die beiden Conventional-Versionen Road Boss 2 und Western Star dagegen sehen sich nicht ähnlich. Letzterer hat majestätische Formen, eine nicht endenwollende Motorhaube und breite Kotflügel mit integrierten Doppelscheinwerfern. Er ist mit seinem aggressiven und kantigen Linien gut geeignet, den Siegeszug des Kenworth W 9000 aufzuhalten, nach dessen Vorbild er gebaut wurde. Seine glänzende Pracht hebt sich von dem hügeligen Hintergrund ab, in seiner Silhouette offenbart sich der moderne Westen. Dem Road Boss 2 fehlt diese aggressive Note und er strahlt nicht die gleiche, geballte Kraft aus wie der Western Star, ein Eindruck, für den der unabhängige Trucker sehr empfänglich ist.
Im Jahre 1978 präsentierte White eine gewichtige Neuerung : den Road-Boss 2 mit integrierter Liegekabine. Es war das erste Mal, dass man bei einem Cabover eine „sleeper-box" als Bestandteil der Fahrerkabine sah. Die Vorteile liegen klar auf der Hand : kein Platzverlust, weniger Luftwiderstand, bei Verwendung von Leichtmaterial weniger Gewicht im Vergleich zu Fahrzeugen derselben Kategorie und schliesslich leichter Zugang zum Schlafraum.
Der Autocar „Constructor 2" wurde zwar unter dem Namen „Autocar" entworfen und entwickelt, bei seiner Konstruktion wurden jedoch eine gewisse Anzahl von White-Bauelementen übernommen, wie z.B. die ganze Kabine des Road Boss 2, die dicke Motorhaube und die abgerundete Windschutzscheibe. Weil er besonders für schwere Arbeiten auf Baustellen eingesetzt wird, ist seine Kabine aus Stahl. Die ebenfalls zur Verfügung stehende Kabine aus Aluminium bringt eine Gewichtsersparnis. Das Ganze ist mit sieben Farbschichten überzogen. Das Gesamtgewicht des Constructor 2 beträgt zwischen ca. 21,8 t und ca. 34 t; das Fahrgestell kann mit doppelten Längsträgern ausgestattet werden, wenn das Fahrzeug für Schwerarbeiten bestimmt ist.
Man kann nicht umhin festzustellen, dass Autocar seinen Nimbus von früher verloren hat. Die Zeit, in der die Modelle dieser Firma zu den meistgefragten Fahrzeugen gehörten, d.h. in den zwanziger-dreissiger Jahren, ist vorüber. Heute reisst sich die Menge nicht mehr darum. Nicht einmal mehr die Trucker, denn achtzehnrädrige Sattelzüge dieser Marke gibt es nicht. Man kann Autocar-Baumaschinen häufig als Mischer oder Kipper sehen; es sind schwere Fahrzeuge von geradezu einmaligem Belastungswiderstand. Obwohl der Produktionsrhythmus beträchtlich zurückgegangen ist, behält Autocar noch zwei Trümpfe in der Hand : die Haltbarkeit und die Strapazierfähigkeit seiner Modelle.

Dieser bei vollem Tempo auf einem freeway in Wyoming fotografierte Western Star gehört zur großen Familie der White-Lastwagen. Rein äußerlich gehört er nicht zu den attraktivsten der Marke.

INTERNATIONAL

Die Firma International stammt aus den Anfängen des industriellen Amerika und ist der älteste Konstrukteur von Long Hauls. Der Cabover, den man an allen Strassenekken antrifft, hat nicht das überwältigende Äussere und die aggressiven Linien anderer Trucks aus dem Westen, die das Herz der selbständigen Trucker höher schlagen lassen. Also, was sonst? Ganz einfach, hinter ihm steht die Macht einer grossen Firma mit ihrem so gut ausgebauten Händler- und Service-Netz, dass es alle in Amerika gebauten Marken betreuen könnte. Ausserdem kann International noch mit einer Detailpflege aufwarten, die der antiker Paläste mindestens ebenbürtig ist.

Was ist dieser Kerl doch für ein komischer Kauz! Allerdings habe ich während der ganzen Zeit, die ich neben ihm und vor einer Tasse abscheulicher brauner Brühe verbracht habe, die Kaffee sein sollte, nicht einen Augenblick daran gedacht, ihn nach seinem Namen zu fragen, woher er kommt und was er transportiert. Ein komischer Kauz, ein unscheinbarer Trucker mit faltigem Gesicht und einem traurigen Blick.

Wenn man von Denver kommt und nach Westen fährt, um Grand Junction zu erreichen, muss man die Rocky Mountains durchqueren. Wenn man die Interstate 70 vermeiden will, kommt man auf schmale, zweispurige Strassen, die ganz schön ansteigen. Zu beiden Seiten erheben sich zwischen ca 3 000 und ca 4 000 Meter hohe Gipfel, Schnee wo man hinsieht und Trucks, die ein wahres Martyrium ausstehen müssen, um von einem Tal zum anderen zu gelangen.

Kurz vor Aspen halte ich am „Independence Pass". Man befindet sich ganz dicht beim Gipfel; der eisige Morgenwind pfeift durch die Tannen und durch die Holzbaracke, die als Restaurant dient. Drinnen ist es eng und dreckig, aber draussen ist es so kalt, dass man sich hier sofort wohl fühlt. Die Tische sind alle besetzt. Ich lasse mich also neben dem besagten komischen Kauz in ausgewaschenen Jeans und rotkariertem Hemd nieder. Sein durch den Schweiss verformter Hut liegt auf dem Tisch. Er guckt durch das Fenster in Richtung seines International.

— „Gehört der Ihnen?"

— „Ja, Mann, eine verdammte Maschine. Aber hier hat man's schwer, es geht nicht vorwärts."

Ein ausgedienter, blauweisser Transtar Cabover, dem man die mangelhafte Pflege ansieht und an dem die Farbe abblättert. Ein Trucker, der kein Western-Held ist. Er arbeitet für eine Gesellschaft und macht sich nichts aus Ästhetik oder aus frischen Farbtönen, die auch seinen International zieren könnten. Er begnügt sich damit, zu fahren, das ist alles. Deshalb ist es auch nicht verwunderlich, dass er wenig über seinen Beruf spricht. Sein Gehirn beschäftigt sich mit einer Musikkassette von einem unbekannten Sänger mit einem unmöglichen Namen, die er schon seit Chicago sucht. Unmöglich, sie aufzutreiben! Was kümmert ihn sein Truck. Ob Kenworth, Ford oder International spielt keine Rolle.

— „Vielleicht find' ich sie in Las Vegas..."

Während er das sagt, dreht er seine Tasse Kaffee immer wieder in seinen geschwollenen Händen. In seinen kurzen Sätzen ist kein Wort von Chrom oder Metall enthalten, hier ist nichts von der Begeisterung der unabhängigen Trucker für ihren glänzenden Weggenossen zu spüren. Dieser Mann ist ein Angestellter der Strasse, der zwar ohne Langeweile, aber auch ohne innere Überzeugung arbeitet.

Der Cabover International ist sicher der Truck, den man am meisten sieht. Man erkennt ihn leicht an seiner Kühlerverkleidung und seinen sich oberhalb der Gürtellinie verjüngenden Kabinenwänden. Ich bin überzeugt davon, dass mit diesem Lastwagen am wenigsten Kult getrieben wird, dass er der Idee des reinen Nutzfahrzeugs am nächsten kommt. Er ist häufig ungepflegt und vernachlässigt, als ob sich niemand für sein Aussehen und seine Dekorationen interessierte. Man hält ihn für einen etwas mittelmässigen Truck, dem der ungebändigte, aggressive Charakter der Trucks aus dem Westen abgeht. Ein selbständiger Trucker, der in einen Achtzehnräder investiert, kauft keinen Cabover International. Er will sich selbst Freude machen, und diese Freude findet er woanders.

Das will nicht heissen, dass ein International gleichbedeutend ist mit schlechter Qualität. Im Gegenteil. Der Einfluss dieser Gesellschaft ist beachtlich. Sie besitzt Werke im Osten, in Texas und an der Westküste; sie verfügt über modernste Montagestrassen und kann daher Fahrzeuge von Spitzenqualität herstellen, die weniger grosse Konstrukteure nicht anbieten können.

Die International Harvester Company (HI) tauchte am Anfang des Jahrhunderts auf, genauer gesagt 1907, zu einem Zeitpunkt, an dem sie mit vielen anderen LKW-Herstellern von dem Goldrausch profitierte und dem wirtschaftlichen Aufschwung, der dem Erdöl zu verdanken war, das damals in Strömen zu fliessen anfing. Die Firma liess sich in Chicago/Illinois nieder. Ihre Produktion bestand zum grössten Teil aus Vans, Panel-Delivery, Stakes und besonders aus dem volkstümlichen Canopy-Express, bekannt unter dem Spitznamen „Peddler's Wagon" (Jahrmarkts-Wohnwagen).

Die erste Version des heutigen, modernen Cabover entstand im Jahre 1966. Es war der Transtar II, wissenschaftlich-trocken CO 4070 B genannt. Der König der Strassen, der volkstümlichste Truck, zumindest was seine Verkaufsziffern betrifft. In Amerika ist er in- und auswendig bekannt; auf den Parkplätzen der Truck-Stops ist nur er zu sehen; vor allen anderen Marken hat er den Asphalt erobert. An seinen bauchigen Linien und der Blende an der Wind-

schutzscheibe erkenntlich, hinter der das Gesicht des Truckers zur Hälfte verschwindet, gehört er zu den typischen Grosskonsumgütern, die ihr Entstehen den modernen Forschungsbüros verdanken.
Im Grunde hat dieser COE nichts Originelles : Wie die anderen Trucks seiner Kategorie ist sein Äusseres klassisch, und wie bei diesen wurde für die dafür in Frage kommenden Teile Aluminium verwendet. Der Unterschied liegt in der Anwendung modernster technischer Hilfsmittel während der verschiedenen Konstruktionsphasen : Alle Leitungen, wie auch die elektrische Verkabelung wurden vor dem Anbringen getestet; die Parallelität des Chassis wurde elektronisch geprüft; jeder Eigentümer kann mit Hilfe eines Zeichnungscomputers seine Kabinendekoration aussuchen. Der Zusammenbau der Kabinen erfolgt automatisch und nicht durch manuelle Verfahren. Am Ende der Montagestrasse kommt die Zugmaschine auf einen Rollenprüfstand, wo sie mehrere tausend Meilen durchläuft, ehe sie auf den Highways untertaucht. Der im Werk „International Harvester" von San Leandro in Kalifornien hergestellte Conventional 4300 wurde im Jahre 1971 entwickelt, um die Vorherrschaft der Spezialisten des Westens zu brechen. Dabei handelt es sich zwar um einen „Wide-front" mit einer langen Schnauze, einem massigen und aggressiven Kühlergrill — Attribute der echten Spitzenklasse — dennoch scheint es mir, als ob es seiner Gesamterscheinung irgendwie an Potenz fehlt. Es gibt zu viele abgerundete Ecken! Der 4300 besitzt nicht die eckigen, scharfen Kanten der Kabinen von damals, auf die der Trucker ungeheuren Wert legt. Für einen selbständigen Trucker ein ganz wesentliches Detail! Seine Maschine soll paradox sein, d.h. in technischer Hinsicht der letzte Schrei, äusserlich aber soll sie veraltet aussehen. Dabei trägt der 4300 etwas der modischen Tendenz Rechnung, mit seinen halb versöhnlichen, halb brutalen Formen. Dafür hat er die längste Motorhaube aller Conventional-Versionen (aus Glasfaser) und die prachtvollste Kühlerverkleidung. Die Kabine ist aus Aluminium und es gibt — merkwürdigerweise — auf Wunsch eine Kabine aus Stahl.
Das Armaturenbrett ist mit seinen dreizehn Instrumenten schöner als das eines 30 000 Dollar teuren Mercedes. Auch hier bekommt der Trucker beim Anblick der Innenausstattung weiche Knie : Sie ist einmalig schön, appetitlicher und verführerischer als eine an einem heissen Sommertag gepflückte Handvoll reifer, roter Kirschen!

Dieser Trucker mit dem sympathischen Lächeln ist gerade am Truck-Stop in Las Vegas angekommen. Er fährt jede Woche einmal die Strecke Los Angeles — Miami hin und zurück, d.h. 7 000 Kilometer jedesmal.

36
FORD

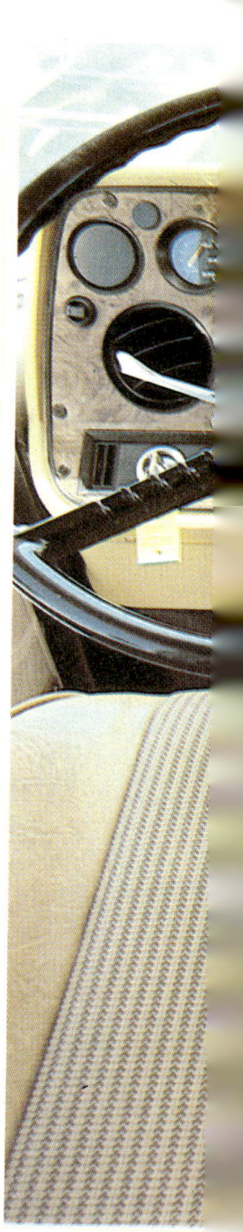

Zwei Ford-Modelle : Links ein Conventional-Zehntonner mit Benzinmotor, oben der prachtvolle Cabover 9000. Unten Blick auf den sagenhaften Kommandostand des Cabover.

FORD

Als Ford im Jahre 1907 die Arbeit am Fliessband einführte hätte er nie vermutet, dass es sechzig Jahre später einen Ford 9000 gäbe; dass es sich dabei um das längste Long Haul-Modell handeln würde und dass sein Kühler diese teuflische Fratze zur Schau trüge. Wie hätte er ahnen können, dass die Kabine ein revolutionäres Federungssystem besässe und dass der 9000 seit seinem Erscheinen ein absoluter Verkaufsschlager werden würde? Beim Cabover 9000 ist all das eingetreten, allerdings auch nur bei diesem Modell. Er ist ein mittels modernster Computer perfekt konzipierter und auf den Millimeter genau entwickelter Truck mit einer aerodynamischen Silhouette. Wenn man dazu noch sein aggressives, kampfbereites Äusseres betrachtet, kann man nur noch für das Überleben der anderen Marken beten.

Jim Bartow bin ich zum ersten Mal in Las Vegas begegnet. An jenem Tag war der blaue Wüstenhimmel mit schweren weissen Wolken bezogen und das perlmuttschillernde Rot seines makellosen 9000 schien stumpf. Jim ist fünfzig Jahre alt, nicht sehr mitteilsam, ein eher ruhiger Zeitgenosse. Ich betrachte neidvoll seinen Ford und er erbarmt sich meiner und meiner Bewunderung. Er fragt mich, warum ich von seinem Achtzehnräder, einem 17,55 Meter langen, stählernenen Koloss Fotos mache. Während ich die durch mein Objektiv einfallenden Lichtreflexe studiere, sage ich ihm, dass der 9000 leider in Europa unbekannt ist und dass es dort gerade eben noch den Trancontinental gibt; dann trennen wir uns.

Zwei Tage später begegne ich ihm wieder in Kalifornien, unter einem unglaublich blauen, diesmal wolkenlosen Himmel, der Ford im Schatten silberglänzender, zitternder Palmen. Er bemächtigt sich der fünf Finger meiner Hand und zerquetscht mir dabei fast zwei davon. Der Mann ist ein einziges Muskelpaket! Er erzählt, dass er morgen nach Osten fährt, dass er nichts für den Regen übrig hat, dass ihm letzte Woche ein Reifen geplatzt ist, dass man im Truck-Stop von Ontario immer schlechter ißt, dass er den Tag bei sich zu Hause verbringt, ganz in der Nähe, und darauf lädt er mich zu einem Bier ein.

Santa Barbara liegt 100 Meilen nördlich von Los Angeles, direkt am Meer. Es ist eine hübsche Stadt mit weissen Häusern im weissen Sand. Jim wohnt auf einer Anhöhe und hat einen weiten Blick über das Meer, so wie er aus der Höhe seines CL 9000 seinen Blick bis zum fernen Horizont schweifen lässt. Er lebt allein; oft steht er auf seiner Terrasse und sieht in die Ferne, während er mit seinen Gedanken auf der Interstate zwischen Oklahoma-City und Nashville weilt. Oft ist er auch bei seiner Zugmaschine, die den ganzen Platz im Hof einnimmt. Im Grunde langweilt er sich; das einsame, untätige Leben liegt ihm nicht. Er lebt im Rhythmus der grossen Weiten und der Tankpausen seines gelben Caterpillar-Motors, mit dem er 40 t Rinderviertel transportiert.

Dieses Leben führt er nun schon seit siebenundzwanzig Jahren, und siebenundzwanzig Jahre lang kommt er nicht gern nach Hause. Sein Zuhause sind beigefarbene Wände, ein Kanapee vor einem grossen Fenster und ein Stoss „Overdrive" auf dem niedrigen Tisch davor (Overdrive ist die Zeitschrift Nr. 1 über Trucks). Während wir unser Bier trinken, lässt er seine Vergangenheit aufleben, erzählt von seinem ersten GMC und der Zeit, in der er in einem Sägewerk in Utah arbeitete; dann wieder sein Trucker-Beruf und endlich sein Ford 9000, den er vor einem Jahr gekauft hat. Wenn er davon spricht, ist er plötzlich ganz da; er genehmigt sich noch ein Bier. Der Truck hat ihn 60 000 Dollar gekostet, plus 25 000 Dollar für den Sattelanhänger. Für ihn handelt es sich dabei nicht um eine Geldanlage, es ist ein grosses Spielzeug, dessen Nähe er sucht, in dem er sich aufhält und in dem er seine Sonntagmorgen und Samstagnachmittage verbringt. Wenn ihn in seinem leeren Haus die Niedergeschlagenheit packt, schläft er in seinem Ford im Hof. Die beiden bilden ein Ganzes, einer existiert nicht ohne den anderen.

Die Ford Motor Company verdankt ihre Entstehung im Jahre 1903 in Detroit/Michigan dem eisernen Willen eines gewissen Henry Ford. Eine wahre Palastrevolution fand im Jahre 1960 statt. Ford ging aufs Ganze mit dem Bau von Schwerlastwagen und brachte die Serie H heraus. Hierbei handelte es sich um hohe, attraktive Cabover von stattlichem Aussehen. Ford benützt die Gelegenheit, um seinen Fahrzeugen eine 100 000 Meilen-Garantie zu geben, eine wirkliche Neuheit und eine Initiative, die Ford zu verdanken ist. Ehre wem Ehre gebührt! Ford, der „Cäsar" unter den Konstrukteuren ist ein guter Stratege, denn seine Politik hat sich ausgezahlt : der Cabover Ford 9000 befindet sich an erster Stelle der Truck-Superstars und zählt zu den Erfolgen von Format! Der grosse Vorteil des Cabover 9000 liegt auf technischem Gebiet : die Ford-Foschungsbüros sind im Automobilbau das, was die First-National-City-Bank im Vergleich zur Gesamtheit der anderen Banken ist, nämlich kolossal. Man braucht sich deshalb nicht zu wundern, dass alles auf den Millimeter genau durchdacht ist, dass die aerodynamische Form der Fahrzeuge das Ergebnis langer Arbeitsstunden darstellt und dass die verschiedenen anderen Problemen, wie die Fahrerposition, die Lage und Zahl der Instrumente und die Wartungsfragen u.a. bessere Lösungen aufweisen als alles, was anderswo gemacht wird. Der 9000 hat nicht nur chromglänzende und aggressive Formen, sondern bei ihm handelt es sich vor allem um ein von der Elektronik und den Computern konzipiertes Fahrzeug. Der gesamte Unterbau zeichnet sich durch seine einfache, aber erprobte Konstruktion aus, bei der alle bekannten und bewährten Lösungen verwertet wurden. Hier nach revolutionären Neuerungen zu suchen, wäre unnötig, sie sind übrigens auch

nicht bei den anderen Konstrukteuren zu finden.

Der ganze Erfolg des 9000 beruht auf der Cabover-Version. Dieses Modell hat vor allem Charme, aber auch der Rest fehlt ihm nicht. Bei dem „Rest" handelt es sich um die Qualität der Konstruktion und die Perfektion der Detailpflege. Die Kabine ist, wie es sich gehört, aus Aluminium. Sie wurde einer beeindrukkenden Zahl von Festigkeitsprüfungen unterzogen, wie z.B. der Drehungs- und Schwingungsfestigkeit; sie musste sogar dem Test eines Frontalaufpralls widerstehen. Die Kabine ist an dem Chassis mittels einer pneumatischen Aufhängung und Stossdämpfer befestigt, welche die vom Motor verursachten Schwingungen und die durch die Kraftübertragung hervorgerufenen Stösse neutralisieren. Es handelt sich um ein neuartiges, von Ford ausgearbeitetes System, das einen absoluten Komfort gewährleistet und eine optimale Aufhängung garantiert, die einer Limousine Ehre machen würde. Nebenbei bemerkt gehört es nicht zur Serienausstattung, sondern steht auf Wunsch zur Verfügung.

Das Armaturenbrett ist ein wahres Meisterwerk, das eine Wand zieren könnte : schwarze Skalen mit orangefarbenen Zeigern, die in einer Tafel aus mattschimmerndem Aluminium eingelassen sind. Der seitliche Vorsprung der Konsole ist mit einer Acht-Spur-Stereoanlage ausgerüstet. Alles im Innenraum ist hell und einladend : der Teppichboden, die Tweed-Bezüge der Sitze und eine helle, glatte, weiche Vinyl-Polsterung, die bei manchen Truckern wohl angenehme Gedanken an taufrische, anschmiegsame junge Mädchen weckt! Drei Sonnenblenden vervollständigen die Ausstattung.

Ford bietet drei Kabinenversionen von beachtlichen Ausmassen an : 76 Zoll, 88 und 110, in der genug Platz wäre, um eventuell ein Klavier und ein Doppelbett für wilde Nächte zu zweit unterzubringen. Wie bereits erwähnt, heisst dieser Raum in den USA „doghouse", eine Hundehütte, die bei Ford ganz schön komfortabel sein kann, geräumig, klimatisiert und angenehm hell, ohne dabei die Stereoanlage zu vergessen!

Der Ford 9000 hat kein Schwestermodell in der Conventional-Bauart. Im Entwicklungsbüro bei Ford ist man der Meinung, daß die Zeit der Conventional vorbei sei. Jedenfalls ist dieser Cabover prächtig dekoriert.

TRANS AM
GMC
2CN-94

GMC

Für einen Europäer ist ein GMC vor allem der „Gimmi" von vor vierzig Jahren. Aber damit ist die Geschichte der Firma beileibe nicht stehengeblieben. GMC hat neue Pläne ausgearbeitet, um moderne und solide Fahrzeuge auf den Markt zu bringen. Die beiden Spitzenmodelle der neuen Serie sind zwei furchterregende Ungetüme: Der Cabover Astro 95 und der Conventional General. Beide sind stolze Vertreter von General Motors, die mit 14 000 im Jahre 1978 gebauten Trucks an vierter Stelle der Konstrukteure in den Gewichtsklassen „7" und „8" stehen. Die Version Cabover Astro wird von einem Schwestermodell, dem Chevrolet Titan 90, unterstützt. Astro und Titan, zwei Namen, die Kraft bedeuten.

G.M.C

Vorhergehende Seiten: Ein Conventional GMC „General", und hinter dem jungen Cow-Boy, ein veralteter Astro 95, Baujahr 1974.

Nach und nach hole ich den Truck ein, hinter dem ich schon seit einer Weile herfahre. Wenn man mit nur wenigen Meilen Geschwindigkeitsunterschied hintereinander herfährt kann es lange dauern, bis eine Strecke von, sagen wir, 50 Kilometern aufgeholt ist; dabei müsste ich eigentlich zwei oder drei Meilen schneller fahren als dieser dicke Brummer vor mir, den ich nur von hinten sehe. Es ist das runde, glatte, von der Sonne beleuchtete Heck eines Tankwagens, wie man ihn häufig in den Staaten sieht: ein breites, langes, aus einem Stück bestehendes Rohr aus glänzendem Aluminium, ohne das gewöhnlich zur Stütze der hinteren Tandemachsen notwendige Chassis. Ein superelleganter Tankwagen, schöner und glänzender als ein Zigarrenetui von Davidoff, dem er — von den Proportionen abgesehen — ähnlich sieht. Der hier hat sicher noch nichts mit nassen und dreckigen Strassen zu tun gehabt; ich hätte Lust, ihn in meiner Westentasche verschwinden zu lassen, um ihn nach Hause mitzunehmen. Vor ihm fährt ein prächtiger englisch-grüner GMC mit Dekorationen wie auf Jahrmarktsbuden.

Dieser Long Haul ist wunderbar; ich überhole ihn langsam, mein Ford Limited und der Truck scheinen im Zeitlupentempo vorwärtszukommen. Alle Räder sind verchromt. Die Drehgeschwindigkeit verwischt die Radbolzen und lässt jede Unebenheit verschwinden. Das Rad wird zum Hohlspiegel, auf dem sich hin und wieder Lichtstrahlen brechen. So fahren wir lange Sekunden nebeneinander her, 70 Meilen auf dem Tacho. Hinter der getönten Windschutzscheibe kann ich den Trucker erkennen, ein Kerl, der sich gerade hält. Braun gebrannt, mit Sonnenbrille; er lächelt und mustert mich erstaunt. Es ist tatsächlich in Amerika ungewöhnlich, Trucks zu fotografieren.

Wie viele Trucker haben mich immer wieder gefragt: „Mensch, was machst Du denn da? Was hast Du denn hier verloren?" Sicher, einen Fotografen in einem Truck-Stop zu sehen, an einem Arbeitsplatz, der kein Vergnügungsort ist, der so zum Spass von verfleckten, ölverschmierten Lastwagen Bilder schiesst, das hat schon mehr als einen in Staunen versetzt. Und erst recht, wenn man dazu noch Franzose ist! Ich stelle ihn mir oben in der Kabine seines „Astro" vor, wie seine Augen hinter der Sonnenbrille plötzlich Interesse und Neugier zeigen. So fahren wir lange Zeit nebeneinander her und lernen uns etwas kennen. Endlich, beim nächsten Truck-Stop von Fort Worth in Texas halten wir an.

„Hier ist kein Platz für Dich, Mann, mit Deiner kleinen Kiste auf Rollen", ruft der Fahrer von oben aus seinem GMC herunter.

Das Gespräch kommt in Gang. Morgen wird er in Oakland/Kalifornien sein, wo er Stereoanlagen abliefern soll. Sein Astro ist gar nicht so neu wie er aussieht. Er ist zwei Jahre alt und vor kurzem neu bemalt worden, genau wie vorher, nämlich mit „stripes", die sich gut von dem dunkelgrünen Hintergrund abheben. Das Ganze für 600 Dollar; ein Bombengeschäft. — „Weisst Du, er ist vielleicht nicht mehr ganz so neu, aber die fabrikneuen, die heute aus dem Werk kommen, sehen genauso aus. Nur der Sitz ist ein bisschen anders."

Davon bin ich also ausgegangen und habe mich etwas mit der Geschichte von GMC beschäftigt. Es ist eine lange Geschichte, die besonders wir Franzosen gut kennen, weil wir den „Gimmi" zu einem bestimmten Zeitpunkt entdeckt haben. GMC ist eine Abteilung der General Motors Company, die im Jahre 1911 in Pontiac/Michigan gegründet wurde.

Die beiden Spitzenversionen der GMC-Modellpalette sind der „Astro 95" Cabover und der Conventional „General". Das meistverkaufte Modell ist der Astro 95 (Serie TD 9500), der auch bei Chevrolet unter der Bezeichnung Titan 90 (Serie CD 90) zu haben ist. Das Hauptmerkmal des Astro ist die aerodynamische Konzeption der Fahrerkabine, ein Resultat langer Studien im Windkanal. GMC war eine der ersten amerikanischen Firmen, die sich der Probleme des Luftwiderstandes bei einem Truck bewusst geworden ist. Der Cabover wurde ausgedehnten Prüfungen unterzogen, die zu einem ganz bestimmten Neigungswinkel der Windschutzscheibe führten, zu einem Minimum an Vorsprüngen und Unebenheiten auf den Front- und Seitenflächen und einem auf Wunsch erhältlichen Windfang auf dem Dach, der die spiralförmigen Luftwirbel zwischen Kabine und Sattelanhänger ableitet.

Im Jahre 1978 stellt GMC den Astro 95 SS (Special Series) vor, für den eine ganze Reihe luxuriöser Ausstattungsdetails zur Wahl stehen, wie ein Sportlenkrad, eine komplette Klimaanlage, ein Schlafraum von 36 Zoll, eine vollständige, „Royal Classic" gennante Innenausstattung und besonders ein rechteckiger, massiver Kühlergrill, der dieser etwas nichtssagenden, unscheinbaren Frontpartie eine harte, aggressive Note verleiht.

So ausgerüstet, ist der Astro 95 SS den Grossen dieser Welt ebenbürtig. Mächtig und beeindruckend kann er sich,

Der „General“ hinter Gittern : Dieser aggressiv profilierte G.M.C.-Conventional wartet auf seinen ersten Einsatz.

zumindest was sein Äusseres betrifft, mit den Modellen der „Profis“ unter den Kabinenkonstrukteuren, Kenworth und Peterbilt, messen. Von innen hat der Trucker eine ideale Sicht dank dieser besonders grossen Windschutzscheibe, des kleinen, am unteren Teil der rechten Tür angebrachten Fensters und dank des an derselben Tür befestigten, doppelten Rückspiegels.
Ein Luxus-Truck, eine enorme Masse flüssigen Stahls unter traumhaften Dekorationen, nach diesem Prinzip entstand auch der „General“, die leistungsstarke Conventional-Version von General Motors. Seine kantigen, schroffen Linien erinnern an den Mack Super-Liner „West Coast“. Die breite Stoßstange bildet mit dem steil abfallenden Kühler ein einheitliches Ganzes. Weiter hinten erahnt man die schwere, grün getönte Windschutzscheibe; es ist der Truck für schwierige, lange Strecken und für riesige Lasten. Im General nimmt das Marken-Image von GMC Gestalt an : Potenz bis in den letzten Winkel und Spitzentechnologie, die in den zwölf Skalenscheiben in einem Armaturenbrett wie an Bord eines Airbus ihren Ausdruck findet. Das Chassis weist die Standardkonzeption des Astro auf, jedoch ist es hier verstärkt (dreifache Längsträger), um die grösseren Lasten und die stärksten Motoren tragen zu können.
Trotz der komplizierten Einrichtung des Armaturenbrettes kann jedes Teil schnell abmontiert werden, um eine einwandfreie Wartung zu gestatten : Prüfung der Messinstrumente, Auswechseln der Sicherungen, die in einem kompakten Block zusammengefasst sind und Kontrolle der elektrischen Anschlüsse.

Wenn ich es wagte, würde ich sagen, dass der „General“ seine Sterne verdient! Er kann mit Glanz neben einer Limousine bestehen. Wenn man ihn Punkt für Punkt durchgeht, die Bezugstoffe prüft, im Teppichboden versinkt, den Zigarettenanzünder betätigt, den Komfort der Sitze geniesst, den Raum mit Musik aus der Stereoanlage und klimatisierter Luft füllt, kann ein Wagen der Mittelklasse daneben vor Neid erblassen und eine Luxuslimousine gerade noch daneben bestehen. Aussen ist er noch schöner mit seinen Dekorationen in zwei und drei Farbtönen, welche die stählerne Masse mit harmonischen Linien umgeben. Rot, gelb oder blau, als Trägerfahrzeug oder als achtzehnrädrige Sattelzugmaschine, können diese GMC-Modelle den Kampf mit Raum und Zeit aufnehmen.

...DIE ANDEREN

Sie heissen Brockway, Diamond Reo, Marmon oder Dodge. Ihre Namen haben neben denen der anderen Long Haul-Marken nicht die gleiche Anziehungskraft. Ihre Fahrzeuge weisen nicht die modernsten technischen Lösungen und auch nicht die Detailpflege der Spitzenmodelle auf. Trotzdem gibt es noch einige Fanatiker oder Schwärmer, die nur auf diese Marken schwören und sie mit den gleichen Augen sehen, wie andere einen strahlenden „Ken" oder „Ford". Diese handwerklich hergestellten Trucks sieht man nur selten. Sie scheinen ganz verloren unter den Unmengen von Trucks der grossen Marken; trotzdem fahren sie stolz mit gleicher Geschwindigkeit, gleicher Last und gleicher Widerstandsfähigkeit wie diese. Möge diesen Vierzigtonnern und den Männern, die ihnen ihr Vertrauen schenken, ein langes Leben beschieden sein!

Im Schmelztiegel des gigantischen Amerika, wo es ratsam ist, gross und mächtig zu sein, gibt es einige Marken, von denen man kaum spricht. Marken von hohem Ansehen, die aber im Konkurrenzkampf unterlegen sind, oder sich ihm gar nicht ausgesetzt haben. Das war bei Dodge der Fall.
Im Jahre 1978 hatte diese Abteilung der Chrysler Corporation (Detroit) — seit 1979 ein Teil von Talbot — 464 470 Nutzfahrzeuge der Klassen „1" bis „7" gebaut, wovon der grösste Teil, d.h. 322 658 Fahrzeuge, auf die Klasse „2" (2,7 t bis 4,4 t) entfiel. Dodge dringt allerdings nicht bis zur Klasse „8" vor; seine Produktion enthält jetzt keinen einzigen Long Haul mehr, keine Spur von einem Achtzehnräder, der die Ehre der Marke retten könnte. Bleibt die Frage, ob diese Ehre überhaupt gerettet werden soll, ob diese Ehre sich tatsächlich in Gefahr befindet, da die Politik von Dodge, sich auf den Bau von Nutzfahrzeugen der unteren und mittleren Klasse zu beschränken, keineswegs aus Konkurrenzangst gewählt wurde und schon in die Anfänge des Jahrhunderts zurückreicht.
Seit 1918 haben die Dodge-Lastwagen kleine Ausmasse. Bis zum Jahre 1928 wurden diese Fahrzeuge durch Vierzylinder-Motoren angetrieben, später kamen Sechszylinder dazu. Während des Krieges stellte Dodge eine bedeutende Menge Militärfahrzeuge mit Allradantrieb her, „Power-Wagons" und „Command-Cars" genannt. Später wurden die „Pick-Ups" und „Vans" in grosser Serie gebaut, während die Serie B 3 ausnahmsweise zur Entstehung einer schweren Zugmaschine führte. Im Jahre 1957 wurde der L 8 D 700 als Long Haul-Version mit 18 Rädern herausgebracht. Die meisten dieser Fahrzeuge wurden durch Benzinmotoren angetrieben und erst gegen Ende der fünfziger Jahre bot Dodge Diesel-Motoren von Cummins in verschiedenen Grössen an. Im Jahre 1958 erreichte die Produktion der Abteilung Nutzfahrzeuge 58 671 Exemplare, die 1960 auf 70 305 und im Jahre 1969 auf 165 133 Fahrzeuge anstieg. Mit der Mode der „Vans" und der „Pick-Ups", für die sich heute in Amerika alle Schichten der Bevölkerung interessieren, hat Dodge in dieser Kategorie der Nutzfahrzeuge genug zu tun. Die Klassen „4", „5" und „6" (6,3 t bis 11,7 t) interessieren die Firma bedeutend weniger und — wie bereits erwähnt — auf den Bau von Schwerlastwagen verzichtet Dodge fast vollständig.
Ein anderer bekannter Name, der aber auch an Glanz verloren hat, ist Marmon. Marmon Herrington fing im Jahre 1931 in Indiana an, Trucks herzustellen. Heutzutage ist diese Marke leider überhaupt nicht mehr auf den offiziellen Produktionslisten aufgeführt. Trotzdem fährt Marmon fort, in Dallas/Texas eine kleine Serie von „Long Hauls" in Cabover und Conventional-Version herzustellen. Seit 1931 baute Marmon also bereits grosse Lastwagen, „big trucks" und spezialisierte sich hauptsächlich auf die grossen, von verschiedenen amerikanischen Verwaltungen in Auftrag gegebenen LKW-Flotten. Eine andere Spezialisierung der Firma betraf Trucks mit Allradantrieb „allwheel drive", den Ford für einige seiner Lastwagen verwendete.
Reich an Erfahrungen auf dem Gebiet der schweren Lastwagen mit starken Triebwerken baute Marmon ab 1939 zahlreiche Typen von Militärfahrzeugen, wie Panzer, Truppentransport- und Noteinsatzfahrzeuge, Feuerlöschfahrzeuge und eine ganze Gruppe von Geländewagen. Nach verschiedenen, in den sechziger Jahren erlittenen Rückschlägen entwickelte die Firma im Jahre 1969 zwei Versionen von Zugmaschinen mit drei Achsen, mit denen sie einen Platz in der Klasse „8" zu erringen hoffte. So entstanden im Jahre 1970 der Cabover HDT-AC 86 und der Conventional CHDT-BC, die bis heute praktisch unverändert geblieben sind. Während Marmon mit der Produktion dieser Trucks fortfuhr, betätigte sich die Firma weiter in ihrer Spezialität der geländegängigen Fahrzeuge, indem sie Chassis von Ford, Dodge und GMC umbaute.
Die Besonderheit der Firma Marmon liegt darin, dass ihr Werk in Dallas keine Montagestrasse hat. Alle Teile werden, wie in guter alter Zeit, handwerklich hergestellt und zusammengebaut.
Aus diesem Grund begegnet man auch nur sehr selten Marmon-Trucks. Manchmal entdeckt man einen in der Ecke eines Truck-Stops oder auf einer Anhöhe, wo sich seine kantige Silhouette unverkennbar gegen den Horizont abhebt. Jedes Jahr bringt das Werk in Dallas an die fünfzig Fahrzeuge heraus, mit denen eine gewisse Tradition und Nostalgie fortbesteht.
Bei Diamond Reo liegen die Dinge anders. Hier ist es die Geschichte eines langsamen Niedergangs, dessen Ursachen in der Vergangenheit zu suchen sind. Wenn man auf der Verkehrsachse Miami-Los Angles fährt, begegnet man nur wenigen Trucks dieser Marke. Dasselbe gilt für die Strecke zwischen Chicago und New Orleans oder für die schmalen Verbindungsstrassen. Man muss schon auf die Suche gehen, wenn

man diese Trucks sehen will, die aus zwei berühmten Namen hervorgegangen sind : Der im Jahre 1911 gegründeten Gesellschaft „Diamont T Trucks" und der aus dem Jahre 1904 stammenden „Reo Motor Company".
Diamond Reo ist das Ergebnis des Zusammenschlusses der beiden im Jahre 1967. Leider hat der anhaltende Rückgang der Nachfrage nach Trucks in den USA während der Jahre 1974/1975 dieser noch jungen Verbindung ganz beträchtlich geschadet.
Damit ist jedoch noch nicht alles zu Ende. Im Jahre 1976 kaufte die „Consolidated International" (Liquidationsgesellschaft) den Firmennamen „Diamond Reo", die Trade Marks, die Entwürfe und die Ausrüstung der Gesellschaft, die mitten im Konkurs stand. Seit dieser Zeit sind einige Veränderungen vor sich gegangen und es kam zum Bau eines neuen Trucks mit dem gleichen Äusseren wie die Modelle von Autocar, mit deren Werkzeugen er auch hergestellt wurde. Er heisst „Giant", ist innen und aussen modernisiert worden und wird von einem Cummins 290 angetrieben. In einem ca 4 650 m^2 grossen Werk ohne Montagestrasse wird dieser Truck buchstäblich handwerklich zusammengebaut.
Heute muss man die Augen aufmachen, wenn man einen „Diamond Reo" sehen will. Selbst die Trucker, die wir über die Tätigkeit der wieder flott gemachten Firma befragten, kratzten sich hinter den Ohren und sagten guten Glaubens, dass es diese Marke nicht mehr gäbe. Demnach hat der „Giant" noch einiges vor sich, wenn er die in fünf Jahren verlorene Position wieder zurückgewinnen will.

Ein Marmon-Truck mit dem Spitznamen „Der Mormone", so trübsinnig und streng sieht er aus. Er wird handwerklich hergestellt.

DieHard
Malone

SUPER-BOSS

Die Rennstrecke des Salzsees in Bonneville hat schon die merkwürdigsten Dinge gesehen : Motorräder, Autos, Fahrzeuge mit Elektromotoren oder Düsenrückstossantrieb. Mit einem, zwei oder drei Motoren angetriebene Maschinen, die auf einer mehr oder weniger grossen Anzahl von Rädern rollten. Deshalb war es logisch, ja sogar notwendig, dort auch einen Truck zu sehen, der es mit Zeit und Raum aufnehmen konnte. Einen umfangreichen Truck, der äusserlich wie ein Lastwagen aussieht, dessen technischer Aufbau aber völlig umgedacht worden war. Der Super Boss ist ein optisch perfekter Kenworth aus dem Jahre 1974, der von einem funkelnden Zwölfzylinder-Allison-Motor von 1 000 PS angetrieben wird. Ein Super-Star, der im Jahre 1977 eine Geschwindigkeit von mehr als 230 km/h erreicht hat.

SUPER-BOSS

***Vorhergehende Seiten :* Mister Malone und sein für den Wettkampf gebauter Kenworth : Ein 100 PS leistender, 7 Tonnen schwerer Conventional W 900, Baujahr 1974.**

September 1977. Die Rennpiste auf dem Salzsee von Bonneville/Utah glänzt in der Sonne als wollten die Salzkristalle explodieren; das gleissende Licht blendet die Augen. Jerry Malone zieht seine Handschuhe über und streicht seinen Rennanzug glatt; etwas mulmig ist ihm doch zumute. Sein 1 000 PS starker Kennworth wartet mit laufendem Motor, bereit, den Kampf mit seinen Rivalen aufzunehmen. Die Streckenwächter haben ihren Posten bezogen, die elektronischen Chronometer und der Notdienst befinden sich an Ort und Stelle. Seit einem Jahr versucht Jerry Malone, den Geschwindigkeits-Weltrekord für LKW's zu brechen. Heute gehen ihm eine Menge Fragen durch den Kopf : Ob die Kraftübertragung das hohe Drehmoment verkraften wird? Ob die Frontpartie Geschwindigkeiten von 200 km/h und mehr standhält? Und der Motor, ob der die hohen Drehzahlen aushält?

Er macht die Tür zu, dreht das Fenster hoch, schnallt seinen Sicherheitsgurt fest; dann gibt er ein paarmal Gas, prüft die Wassertemperatur und den Druck seines Turboladers. Er braucht keinen ersten Gang, das Detroit-Allison-Getriebe ist automatisch.

Jetzt geht's los, ein Zurück gibt's nicht mehr. Jerry beschleunigt nur langsam, um die Reifen beim Anfahren nicht unnötig zu strapazieren. Bei 100 km/h angelangt, entfesselt er die Pferdestärken seines Turbo-Triebwerks. Der Ken ist auf einmal kein einheitliches Ganzes mehr, sondern scheint aus wildgewordenen Einzelteilen zu bestehen. Die freiliegenden Auspuffrohre spucken die schwarzen Verbrennungsrückstände des Dieselkraftstoffs aus; bei 180 km/h fängt die an und für sich solide am Chassis befestigte Plastikhaube an, zu vibrieren. Bei dieser Geschwindigkeit hat die enorme Front schwer gegen den Luftwiderstand zu kämpfen. Der kritische Punkt von 200 km/h ist erreicht, der Drehzahlmesser zeigt 3 000 U/min an, der Zwölfzylinder-Turbo dreht immer höher. Über drei Meilen hält ihn Jerry bei mehr als 230 km/h, während er gleichzeitig unablässig den Getriebedruck kontrolliert, ohne dabei die ferne Horizontlinie aus den Augen zu verlieren, die über dem Luftabweisflügel auf der Motorhaube immer weiter fort ins Unendliche zu rücken scheint.

Der Rekord ist gebrochen! Der „Super Boss" hat die vorgeschriebene Hin- und Rückfahrt mit einer Durchschnittsgeschwindigkeit von 232,353 km/h geschafft, ein neuer Rekord, der bisher ungebrochen ist. Nachdem er aus seiner 7,3 t schweren Maschine aus Aluminium und Glasfaser ausgestiegen ist, meint Jerry Malone, dass er keine Probleme gehabt hätte : Manometer mitten im grünen Bereich, perfekte Stabilität. Aber der „Super Boss" ist nicht nur ein meilenfressendes Ungetüm, er kann auch beschleunigen wie ein Porsche-Turbolader. Seit 1977 startet Jerry Malone, ein reicher amerikanischer Grundbesitzer, der für den Kauf und die Entwicklung seines Trucks eine gewaltige Summe ausgegeben hat, in allen Dragster-Wettbewerben, wo er die Fähigkeiten seiner 1 000 PS starken Maschine auf der berühmten Viertelmeilen-Rennstrecke (etwa 400 m) unter Beweis stellt.

Sein Rekord besteht in einer einzigen Zahl : 13 Sekunden mit einer Endgeschwindigkeit von 161 km/h am Ende der 400 m, der Hälfte der vorgeschriebenen Strecke. Um sich einen genauen Begriff von dieser Zeit zu machen, sei hier angeführt, dass ein Motorrad mit 750 cm³ Hubraum, dessen Beschleunigungsvermögen bekanntlich sagenhaft ist, diese Zeit normalerweise erreicht. Im Jahre 1978 hatte der „Super Boss" auf der Rennbahn von Spa in Belgien einige Testrunden gedreht, die deutlich die erstaunliche Kapazität dieser Zugmaschine zeigten. Beim geringsten Druck auf das Gaspedal drehen die Räder durch, schliddert die Kiste, stellen sich die 7,3 Tonnen in der Kurven quer. Jerry Malone fährt und steuert, als hätte er einen Rennwagen in den Händen.

Der technische Aufbau des „Super Boss" entspricht dem eines Kenworth Conventional W 900 aus dem Jahre 1974. Sein leichter gemachtes Chassis mit nur einer Hinterachse besteht aus Aluminium. Die gesamte Frontpartie ist bis auf fünf Zentimeter über den Boden herabgezogen, wodurch eine Verminderung des Luftwiderstands und eine optimale Fahrstabilität bei hoher Geschwindigkeit erreicht wird. Diese Fahrstabilität war übrigens eingehend geprüft worden. Nicht umsonst findet man einen Spoiler unter dem Kühler, zwei kleine Luftleitflügel zu beiden Seiten des Kühlers, einen anderen auf der Haube thronend und einen vierten, grösser dimensionierten im Heck. Die Kabine aus Leichtmetall ist unverändert geblieben, so wie die Haube aus verstärkter Glasfaser. Was Motor und Leistung betrifft, ist hier alles Spitzenklasse, verchromt von den Auspuffrohren bis zu den Turboladern. Das Triebwerk ist ein Detroit-Diesel vom Typ 12-V-71 (12-Zylinder in V-Form), das ein optimiertes Drehmoment und eine höhere Leistung aufweist. Mit zwei Turboladern ausgerüstet gibt deshalb die-

ser Motor seine 1 000 PS (746 kW) bei 3 100 U/min ab. Der 12-V-71 zeichnet sich durch eine enorme Einspritzdüse von 140 mm aus. Auch das Automatik-Getriebe war gründlich überarbeitet worden; es ist ein Detroit-Allison vom Typ HT750CR, das man innen und aussen verstärkt hatte, um das sagenhafte Drehmoment verkraften zu können, denn bei den Rennansprüchen, die der „Super Boss" an Motor und Getriebe stellt, werden alle Teile unverhältnismässig stark strapaziert und über die normalen Betriebsbedingungen hinaus abgenutzt.
Der „Super Boss" ist mit einer Spicer-Antriebswelle der Serie 1000 und einem Eaton-Hinterachsgetriebe ausgerüstet, das ein Spezial-Untersetzungsverhältnis von 3,6 : 1 und eine Tragfähigkeit von 10,4 t aufweist. Das Differential ist selbsthemmend; das Zweigang-Zusatzgetriebe der Marke Fuller liegt vor dem Hinterachsgetriebe : Verhältnisse 100/1 und 100/1,4 im Schnellgang. 100/1 wird bei Dragster-Rennen verwendet.
Der „Super Boss" ist eine dröhnende Maschine, aggressiv und kampfbereit, die den Beifall der Menge und einen Hauch von Stolz bei Kenworth verdient.

Nachdem er den Geschwindigkeits-Weltrekord für Lastwagen gebrochen hat (über 230 km/h), führt Mister Malone überall in der Welt die Schnelligkeit und das Beschleunigungsvermögen seines „Super-Boss" vor. Phantastisch, dieser „burn out"!

Die französische Ausgabe ist dort erschienen
unter dem Titel
LES FABULEUX CAMIONS AMÉRICAINS
Die Übertragung ins Deutsche besorgte
Renate DARIC

ISBN : 3-87943-985-0

2. Auflage, 1985

Satz und Druck : Berger-Levrault
Bindung : SIRC

Made in France

Achevé d'imprimer sur les presses de Berger-Levrault à Nancy en février 1985
779903 — Dépôt légal mars 1985
Imprimé en France